피아노 조율사의 경양식집 탐방기

경양식집에서

피아노 조율사의 경양식집 탐방기

경양식집에서

충청남도 계룡

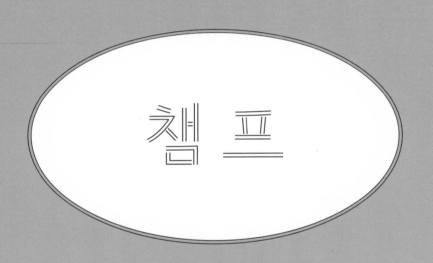

챔프

돈까스

충청남도 계룡시로 이사를 했다고 조율을 의뢰한 고객은 2년 전쯤 우리 매장에서 피아노를 사 간 교포 여성분이었다.

고향이 심양이라고 했던가…,

조율비까지 절충하고 고속도로로 2시간이나 걸리는 계룡시로 출장 가는 이유는 그 동네에 궁금했던 경양식집이 있기 때문이기도.

산이 많아 그런가 여긴 더 춥게 느껴지는군.

실례합니다.

네! 잠시만요.

그럼 2년 동안 거의 연주 안 하신 건가요?

딩

딩

오시느라 고생하셨어요. 들어오세요.

피치가 많이 떨어져 있네요.

데 엥

뎅

벌써 이제 2년이 됐더라고요. 호호.

시간이 꽤 걸릴 것 같습니다.

두세 시간이 훌쩍 지나고.

수고 많으셨어요.

네, 고맙습니다.

오늘 찾아온 경양식집은 이 지역에서 꽤 알려진 곳.

벌써 2시가 넘었다니!

설마 이 시간에 대기 손님이 있는 건가.

얼른 서두르자.

후다다닥!

10여 개 테이블에 할머니들부터 젊은 총각들까지 손님층이 다양하다.

돈까스 주세요!

네!

한 분 들어오세요.

네!

혼자 넓은 테이블을 차지하는 것이 조금 미안하지만, 대기하는 손님이 없으니, 뭐.

조명이 조금 어두운걸.

음~ 헤이즐넛 향.

와, 수프 먼저.

우리나라는 식사할 때 수저만 있으면 되는데,
서구 사람들은 여러 가지 도구가 필요하니.
확실히 다른 식문화다.

돈까스 나왔습니다.

와!

여기가
얼마나 오래됐죠?

제가 다섯 살 때부터
시작했어요.

혹시 후식 있나요?

네, 커피와 오렌지 주스 있어요.

그럼 주스도 미리 주세요.

아버지가 주방에서 요리를 하시고, 어머니와 따님이
서빙을 하는 듯하다.

수프는 직접 만든 것 같지 않으니 패스.

등심을 두드려 만든 전형적인 한국식 돈까스다.
나의 취향과 맞는 스타일.

파스스슥

접시 밥 때문에 빵은 줄 거라고 생각하지 못했는데,

이런 건 반갑지.

쓱

짜장면에 단무지 먹듯이 이런 돈까스를 먹을 때면
잘 익은 깍두기를 많이 집어 먹게 된다.

콕

음? 잘라서 나오는 건가?

빵도 준비해드릴게요.

따끈

아, 감사합니다.

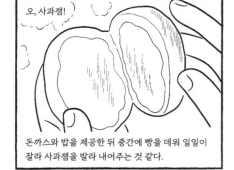

오, 사과잼!

돈까스와 밥을 제공한 뒤 중간에 빵을 데워 일일이
잘라 사과잼을 발라 내어주는 것 같다.

이렇게 바쁜데도.

손님에 대한 배려를 잃지 않은 가게다.

아참, 후식.

나는 혼자 식사를 하는 경우에는 후식을 식사와 함께 미리 달라고 하는데,

식사 후 이야기를 나눌 동행도 없고, 빨리 테이블을 비워주기 위한 미안함의 표현이다.

하, 잘 먹었다.

자리가 없나요?

아, 잠시만 기다려주세요!

여기 자리 납니다!

탁!

당황하지 말자.

네, 여기 충남 계룡시 엄사면인데요,

출장 나온 내가 출장을 부르는 상황이라니.

잘 먹었습니다.

네. 감사합니다.

네, 다 됐습니다.

와, 바로 해결되네요. 그래서 요즘 나오는 새 차에는 스페어 타이어가 없군요.

인천으로 돌아가기 위해 주차해놓은 골목으로 가니,

… …

타이어 하나가 펑크.

스마트폰으로 다 해결되는 좋은 세상이다.

돈까스

인천 월미도

예전

예전 정식

영하 5도의 일요일 아침, 서둘러 출근한다. 6년 동안 근무했던 백화점이
폐관하고, 인근의 다른 백화점으로 매장을 옮겼는데, 잡일이 많아 아침부터
분주하다. 새 매장은 이전보다 눈부시게 세련된 인테리어로 고급스러워졌으며
훨씬 넓다. 5층 문화센터 앞이라 특히 주말에 오가는 손님이 많아 청결하게
청소하며 상품의 이상 유무를 확인하는 것이 나의 첫 번째 일, 매장 청소가
끝나면 직원 전용 카페에서 아메리카노 한 잔 사 와서 일과를 시작한다.
10시 30분 개점 행사 때 나오는 음악. 매일 듣다 보면 지겹다기보다, 오늘도
시작이구나, 싶다. 커피를 마시며 고객 맞을 준비를 한다.

큰딸의 생일인데 출근하니 괜스레 미안해 케이크 하나 사놓고 나왔다.
하루 종일 손님들과 이야기를 나누다 보니 어느덧 저녁, 퇴근 시간이 다가와
가족과 외식을 해야겠다는 생각에 집으로 전화를 걸었다. 곧 아내와 두 딸이
매장으로 찾아왔다. 엄마가 해주는 똑같은 음식을 먹고 자란 딸들이지만,
이상하게 식성이 너무 다르다. 큰애는 매운 것을 잘 먹고, 작은애는 그렇지
않다. 또 큰딸은 닭발이나 순댓국을 좋아하고, 작은애는 살코기만 먹는다.
큰딸 생일에 외식하는 것이니 주인공 식성에 맞춰 메뉴를 선택해야 하지만,
오늘은 20여 년 전 아내와 만난 지 얼마 안 되었을 때 즐겨 들렀던 월미도
레스토랑 예전에 가기로 했다.

그 시절 월미도는 많은 연인의 데이트 장소였고, 헤밍웨이와 예전을 비롯한
카페, 경양식집이 즐비했으나 요즘은 횟집들이 그 자리를 대신하고 있다.
꾸준히 30년 동안 영업하고 있는 예전이 있어 다행이다. 테이블마다 책이
한 권씩 놓여 있었고, 붉은색 양초 때문에 옅은 화장을 한 아내가 예뻐 보였던
기분이 떠오른다. 세월이 많이 흘렀네. 이젠 반백 년 가까이 살아온 우리가
아이들을 사이에 두고 의리로 살고 있다고 농담 삼아 이야기한다. 우리
부모님도 이런 농담을 했던 거 같다. 일요일 밤 월미도 거리에는 몇몇 오가는

사람과 호객을 하는 횟집 직원들뿐, 엄마와 아빠가 데이트하던 식당으로
간다고 하니 아이들이 신기해한다. 결혼 전 아내에게 처음으로 향수를 선물했던
곳인데. 골목에 주차하고, 검은 바닷가의 상점들 앞을 걷는데 바람이 차다.
붉은색 벽돌로 된 2층의 경양식집, 어두워 바다가 보이지 않지만, 2층 창가로
안내받았다. 인테리어가 여전히 참, 차분하고 짙은 나무색으로 클래식하다.

식성이 다른 두 딸의 음식은 이곳의 정식, 아내와 나는 돈까스를 주문했다.
양배추 샐러드와 피클이 먼저 테이블에 놓였다. 그리고 이곳에서 직접 구운
빵이 생크림과 함께 제공되는데, 무척 부드럽다. 따끈한 수프는 경양식집
에피타이저로 식사의 시작을 알린다. 음식을 기다리며 간단히 맛보는, 허기와
기다림을 달래주는 중요한 음식이다. 하지만 지금 대부분 경양식집에서는
수프를 직접 만들지 않는다. 부드러운 빵에 생크림을 발라 수프와 맛보았고,
이렇게 경양식집에는 직접 빵을 만들어 제공하는 곳들이 더러 있다. 유럽에서
시작해 일본을 지나 들어온 식문화라 그런 듯하지만, 우리식대로 많이 정착하면서
접시 밥을 내주는 경우도 많다. 예전은 밥과 빵이 모두 나오니 푸짐하다.

비교적 빨리 조리할 수 있는 돈까스가 먼저 나왔다. 커다란 튀김 한 덩어리와
삶은 당근, 아스파라거스, 버섯볶음, 주먹밥의 구성으로 되어 있다.

아이들의 정식은 돈까스와 같은 구성에 부챗살 스테이크와 생선까스,
초록잎홍합, 새우 요리가 나온다. 그리고 이곳의 정식은 점심때 가격이 훨씬
저렴하다. 나이프로 자르는 돈까스의 바삭한 튀김옷, 바스락거리는 소리가
귀로 전해지고, 혀 밑으로 간지러운 느낌이 들며 목으로 넘어감과 함께
눈동자가 커진다. 이제는 분식집에서도 흔히 맛볼 수 있는 돈까스지만, 4홉들이
병맥주와, 포크를 들고 우아하게 먹었던 시절을 생각하면 돼지고깃값이 많이
저렴해진 듯하다. 늘어난 육류 수입도 한몫했을 테고. 전보다 외식비 지출이
많아진 것은 틀림없다. 주먹밥은 조미김가루를 묻혀 나온 것이 취향과 다른데,
아마 간을 하기 위해서겠지만, 차라리 깍두기를 반찬으로 내어주면 더 좋을
듯하다. 그래도 아이들은 잘 먹는다.

생일 축하 노래를 불러주마, 했더니 딸아이가 창피하다고 하지 말란다.
고3이 되는 딸아이가 학교와 학원을 오가며 지쳐 있는 모습을 보면 주입식
교육의 한계를 느끼면서 안쓰럽기만 하다. 비록 호주산이지만, 넉넉히
나오는 스테이크를 나누어 주는 작은아이 덕에 맛있는 소고기도 맛본다.
저렴한 가격이지만, 부드러운 부챗살을 알맞게 굽고, 양송이버섯을 넣은
브라운소스의 달콤새콤함이 잘 어울려 고급 레스토랑 스테이크와 비교해도
손색이 없다. 오랜만에 네 식구가 함께하는 외식. 각자의 생활 패턴이 다르니
이산가족이 따로 없다. 머리와 꼬리를 제외하고 껍질을 손질한 새우는 딸들이
모두 좋아하는 것.

식사를 마칠 때쯤 디저트를 주문했고, 그것도 식사 비용에 포함되어 있으니
우리나라 경양식집은 인심도 후하다. 오렌지 주스 2잔과 커피 2잔을 테이블에
놓고, 빵을 조금 더 부탁드려 한참을 앉아 이야기를 나누었다. 이제 곧 아이들도
각자의 친구들과 예전을 찾을까. 모르겠다. 요즘에는 갈 곳이 워낙 많으니까.
집으로 돌아가는 길, 운전하는데 졸음이 밀려온다. 일요일이 가장 피곤하다.♪

오랜만에 모인 네 식구. 레몬즙을 짜고 있다.

후식이 식사 비용에 포함되어 있으니 우리나라 경양식집은 인심도 후하다.

생선까스

서울역그릴

서울 동자동

인천 터미널과 나란히 붙어 있는 백화점이 내 일터다. 겨울철에는 건조하다 보니
전시해놓은 피아노들의 음이 쉽게 풀린다. 현의 장력을 버티고 있는 것이
핀 판에 박힌 튜닝 핀이다. 메이플나무를 여러 겹 접착해 만든 핀 판이라도,
건조해 함수율이 낮아지면 튜닝 핀의 점력이 떨어지며 음이 틀어지기 쉽다.
손님이 붐비지 않는 오전 시간에 매장에 있는 피아노 조율을 시작한다.
피아노가 몇 대인가. 일이 많네. 2살쯤 되어 보이는 아이 손을 잡고 지나가던
고객이 내가 일하는 모습을 보더니 집에 있는 피아노 조율을 의뢰한다.
문화센터 앞이라 그런지 이런 일이 종종 있다.

다음 날, 집에서 차로 15분쯤 걸리는 송도 신도시로 출발. 본가에 있던
피아노를 결혼하면서 옮겨왔다고 한다. 두 살배기 아기는 아직 피아노에
관심이 없을 테니 자기가 치려고 조율을 의뢰한 것. 아이가 조금 더 크면
같이 치기도 하겠고. 아이들은 정말 금방금방 자라니까. 오랫동안 조율하지
않아 힘든 작업이 되겠구나 생각했는데 피아노 현도 하나 끊어져 있어 먼저
교체하고, 2번 연이어 조율하고 나니 어느덧 2시간이 훌쩍 지났다. 오늘
스케줄은 더 이상 없으니 집으로 가 차를 놔두고, 서울역으로 가는 광역버스에
올랐다. 인천과 서울을 오가는 광역버스는 대략 10여 개 노선이며 집 앞에서
1301번을 타면 종점인 서울역 바로 앞에 도착한다. 오늘 갈 곳은 우리나라
최초의 경양식집으로 알려진 서울역그릴.♪

서울역그릴은 1925년에 개업했으니 그 시작은 일제강점기부터.

몇 번의 개보수를 통해 지금의 서울역 4층 식당가에 있는 경양식집이다.

정장을 한 다양한 연령층의 웨이터들이 눈에 띈다.

주문하시겠어요?

생선까스 주세요.

모두 여유가 있으면서도 느리지 않고, 절도 있으면서도 부드러운 동작들. 베테랑들이다.

네. 준비해드리겠습니다.

척

특히 저 사람.

수프 먼저 드리겠습니다.

오!

슥

에피타이저로 크림 수프가 나왔고,

명태 또는 대구살로 추측되는 생선튀김이 3조각,
잘 손질된 새우튀김이 2조각.

샐러드도 빠르게 내어준다.

창가로 들어오는 빛과 흰 접시들, 그 위에 놓인
다양한 색깔의 음식들이 매우 조화롭다.

따끈한 수프로 속을 달래고 나니,
생선까스가 도착.

나이스
타이밍.

다음은 따로 나온 타르타르소스에 찍어 먹어보는데

느끼한 마요네즈를 상상했지만 새콤함이 먼저 다가와 많은 양을 찍어도 물리지 않을 맛이다.

하.
고소한 냄새.

곁들일 소주가 없는 게 아쉽군.

처음에는 소스 없이 튀김 그대로 맛을 본다.

새우튀김은 머리는 없고 껍질은 절반 정도 제거 후 뒤집어 튀긴 솜씨로 보아 장인의 솜씨가 틀림없다.

중간 중간 으깬 감자와 샐러드로 입안을 정리해준다.

창밖을 보며 마시는 커피 맛이 색다르다.

하ー
잘 먹었다.

후식으로 커피
되나요?

네. 정리해
드리겠습니다.

출근 후 아침마다 마시는 커피는 창문이 없는
백화점에서 노트북을 보며 마시기 때문이다.

PIANO

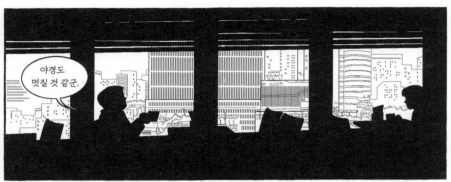

단호박 돈까스

풍경
레스토랑

강원도 속초

여행의 시작은 대부분 인천 터미널이다. 사람들 모두가 여름에 바다를 찾지만, 나는 추운 바다의 선명한 파도 소리가 좋다. 오랜만에 속초 여행을 위해 새벽녘 집을 나섰다. 조율 일이나 여행 갈 때마다 워낙 자주 마주치다 보니 터미널 매표소 직원 분과도 인사를 편히 나누는 사이가 되었다. 6시 30분에 출발하는 속초 행 고속버스에서 당일 들러볼 곳들을 머릿속으로 그려보다가 잠이 들었다. 30분쯤 눈을 감았다고 생각했는데, 이미 양양에 거의 도착. 창밖으로 보이는 고속도로 노면이 촉촉이 젖어 있어 조금 걱정되었다. 일기예보에 눈 소식이 있던데.

해수욕장과 불과 400m 거리의 터미널에 도착해 근처 편의점에 들렀고, 내부 별도 공간에서 바로 만들어 파는 김밥을 샀다. 설악산을 찾는 등산객들 사이에 소문이 나 유명해진 김밥이다. 한 줄 들고 바닷가로 향했다. 해변의 데크에서 조촐한 아침상을 준비하면서 백팩에 넣어간 와인 한 병을 꺼내고, 포일로 감싼 김밥을 펼치니 수평선과 눈높이가 딱 맞고, 그 어느 곳과 비교할 수 없는 멋들어진 식당이 되었다. 삼삼오오 지나가는 관광객들과 젊은 커플들이 슬쩍슬쩍 쳐다보지만, 난 아랑곳하지 않는다. 아마도 부러워서 그러겠지.

와인과 김밥으로 아침 식사를 마치니 눈발이 날리기 시작한다. 걷는 걸 좋아하지만, 가려고 했던 중앙시장이 꽤 먼 거리여서 지나가는 택시를 세웠다. 중앙시장에 도착하니 관광객이 많다. 여행지에서 재래시장은 매우 흥미롭지만, 관광객이 많은 시장은 대체로 볼 게 별로 없다. 어떤 기준에 따라, 필요 때문에 비슷해져 간다. 그런 시장은 집 앞에도 있다.

실향민 마을이라 불리는 아바이마을로 가는 갯배를 탔다. 100원일 때 타보았는데, 지금은 요금이 500원이라니, 세월이 많이 흘렀네. 어느덧 나도 지천명(知天命)이 되었으니 살아온 세월이 짧지 않지만, 속초 바다는 여전히 그대로다. 멀미 나네.

점심은 강원도에서 처음으로 장칼국수를 시작했다는 곳에서 적은 양으로
부탁드려 간단히 해결하고, 이리저리 다녀본다. 엑스포공원을 거닐며 청초호
건너로 보이는 고층 빌딩과 설악대교가 생각보다 가깝다. 둘러볼 곳들을
대충 둘러봤으니 이제 밥 먹으러 갈까.

산책하기 좋은 호숫가 옆으로 식당이 즐비하고, 그 사이에 풍경 레스토랑이
보인다. 벽돌로 지은 3층 건물의 2층이다. 계단을 올라 들어선 경양식집은 많은
화분으로 무성하고, 관리가 잘되어 있다. 요즘 유행하는 플랜트 인테리어를
아주 옛날부터 하고 있는 듯하다. 생수 한 잔 가지고 온 웨이터에게 단호박
돈까스를 주문했다. 웨이터가 곧 식탁 매트를 깔고, 포크와 나이프를 놓는다.
일본을 거쳐 우리나라에 들어온 돈까스는 오스트리아의 슈니첼이 홀 커틀릿
또는 포크 커틀릿으로 18세기 후반 일본에 전해졌고, 지금의 돈까스가 되었다.
그것이 또 우리나라에서 우리 식으로 바뀌어 경양식, 한식 돈까스가 되었다.

여느 경양식집과 다르지 않게 수프를 먼저 내어주었고, 선택의 여지 없이
접시 밥이 제공되었다. 김치와 단무지가 나왔을 때 참지 못하고 소주를 주문.
많은 이가 삼겹살에 소주를 즐기지만, 나는 돈까스를 안주 삼아 소주 마시는
걸 좋아한다. 어떻게 보면 튀기듯 구운 삼겹살과 돈까스는 닮았지만, 샐러드와
수프 같은 전채요리와 디저트까지 내주는 경양식 쪽이 훨씬 재미있다.

15분쯤 지났을 때 메인 디시로 나온 단호박 돈까스는 고구마처럼 기다란
모양으로 2개가 놓여 있고, 그 뒤로 양상추 샐러드. 드레싱과 새싹으로 장식되어
있다. 마카로니 샐러드도 함께 나왔다. 독특한 것은 일반적으로 소스를 돈까스
위에 부어 내오지만, 풍경은 접시에 소스를 넉넉히 붓고, 그 위에 돈까스와
샐러드를 장식해 놓았다. 궁금증을 이기지 못하고 300km를 달려온 보람을

느낄 차례, 나이프로 천천히 자르고 들여다보니, 동그랗게 만 돼지고기 안에 노오란 단호박 찜이 가득하다. 자연적인 단맛이 나는 훌륭한 돈까스. 바삭함을 치아로 느끼고, 돼지고기의 탱탱한 육질을 통과한 뒤, 부드러운 단호박을 차례로 씹는 다양한 식감. 겉부터 속까지 3단계로 각각 느낌이 다르다. 포크로 소스만 별도로 찍어 맛보니 데미그라스소스에서 특별한 맛이 난다. 곰곰이 생각해보니 땅콩, 데미그라스와 땅콩을 혼합해 만든 독특한 소스다. 고소하고 순해진 데미그라스소스랄까. 흰 밥으로 입안을 정리하며 눈을 감았다. 치즈가 들어가거나 고구마가 들어간 돈까스는 맛본 적 있지만, 단호박이라니. 놀라운 발상이다. 게다가 땅콩을 이용한 소스라니. 다 비슷한 경양식, 돈까스 같지만, 막상 다녀보면 그렇지가 않다. 다시 한번 한 조각 잘라서 음미한 후 신선한 샐러드로 다시 입안을 정리했다.

예전에는 시금치를 곁들여 나오는 곳이 많았지만, 요즘은 거의 찾아볼 수 없다. 대신 풍경에서는 절인 오이를 내주니 밥과 먹어도 잘 어울린다. 이렇게 한 조각씩 모두 맛보며 식사를 마칠 무렵, 눈치 빠른 웨이터가 다가와 디저트를 무엇으로 할 것인지 물어본다. 서빙에도 역시 정성과 감각이 꼭 필요하다. 아이스크림으로 부탁드렸다. 웨이터가 빈 접시를 치우며 테이블 정리를 해준다. 과하지 않고, 섬세한 서비스를 받으면 참 기분이 좋다. 예쁜 컵에 멜론 맛 아이스크림, 그 위로 시럽과 캔디 부스러기 같은 것. 남기지 않고 모두 비웠다. 고속버스 터미널로 걸으며 풍경 레스토랑의 단호박 돈까스를 생각하니 흐뭇한 웃음이 떠오른다. 어, 눈 그쳤네.♪

경기도 광명

라임하우스

돈까스 정식

3월이지만, 꽃샘추위로 쌀쌀한 날이다. 부천에 피아노 조율 스케줄로
아침부터 서둘러 집을 나섰다. 10여 년 전부터 정기적으로 방문하는 곳인데,
이번에는 2년만인가? 성악을 전공한 분이 피아노 주인인데, 아버지가
주재원으로 외국에 근무하실 때 산 피아노라고 한다. 오래된 쉼멜피아노.
전등이 양쪽에 하나씩 달린 독특한 모양이다. 피아노는 덩치도 크고, 가격도
비싼 편이라 한 번 사면 오래 쓴다. 그만큼 관리를 정기적으로 잘해야 하고,
그렇게 10년, 20년 쓰다 보면 집안의 역사를 간직한 클래식이 된다.

먼저 피아노 앞쪽 위 판을 탈착하고, 전등과 연결된 전선을 콘센트에서 뺐다.
조율을 시작, 오래된 피아노인 데다가 핀 판의 함수율이 낮은 듯, 부분적으로
튜닝 핀이 쉽게 멈추지 않는다. 이렇게 헐거우면 조율이 잘 안 되고, 음을
맞춰도 쉽게 틀어진다. 결국 핀에 망치질을 하면서 간신히 조율을 마쳤다.

오전에 업무를 마치고 나니 남은 하루를 자유롭게 쓸 수 있다. 내가 조율하러
나가는 날에는 매장을 봐주시는 분이 계셔서 마음 놓고 맛보고 싶은 음식을
찾아 나선다. 집에 차를 갖다 놓고, 광명시 철산동으로 출발. 40여 분을
버스에서 졸다가 내렸고, 문득 가까운 곳에 오래된 화교 중식당이 떠올라
군만두와 짜장면이 먹고 싶어졌다. 철산동 가기 전 잠시 들르자.

낡은 알루미늄 틀의 유리문을 열고 들어가니 점심시간이라 그런지 손님이
가득했고, 간신히 출입문 부근의 자리가 남아 군만두와 짜장면을 주문했다.
화교 노부부가 운영하는 곳, 주방에는 때에 따라 교대로 들어가시는 듯하고,
사모님이 직접 빚는 만두가 입맛에 잘 맞는 곳이다. 가끔 유니짜장을 먹기도
하는데, 이번에는 짜장면으로. 3,500원이라는 가격을 생각하면 면발도 짜장도
무척 훌륭하다. 예전에는 군만두가 10개 나오더니 이번에 8개가 나왔다.
오래전부터 같은 가격을 유지하고 있지만, 수량을 줄여 버티는 듯하다.

돈까스 먹으러 가는 길, 너무 많이 먹었네.

서울에서 태어났지만 초등학교에 들어갈 무렵 광명의 할머니 댁으로 이사를
갔고, 결혼 전까지 살았으니 내게는 고향이나 마찬가지인 곳이다. 그때는
경기도 시흥군이었는데, 세월이 빠르다. 서울 지하철 철산역에서 내려 시청
방향으로 조금 올라가면 오피스텔 2층에 있는 노포 경양식집 라임하우스가
오늘의 목적지다. 종이 달린 출입문을 열고 들어가니 테이블 7개 정도인
아담한 식당이고, 포크와 나이프, 파란색 물컵이 자리마다 놓여 있다. 음식을
고르다가 돈까스와 함박스테이크가 함께 나오는 돈까스 정식으로 부탁드렸다.
특이하게 식전주로 포도주를 내어준다. 단맛이 강하지만, 식전에 입맛을
확 돋운다. 다 마시고, 소주 한 병을 주문하니 단호박 수프를 함께 내주신다.
그리고 샐러드 한 접시가 별도로 나왔다. 후식을 미리 주시는 듯 오렌지
한 조각도 나왔다. 많이 달지 않고 속을 달래주는 수프를 안주 삼아 소주 한잔.

15분쯤 기다려 받은 메인 디시는 화려하지 않고, 작은 돈까스 2조각과 치즈를
올린 함박 한 조각이 소스와 함께 놓여 있다. 흰 접시 위의 구성이 무척
정갈하다. 호텔 조리부 출신이신가. 소스는 과일을 많이 사용한 듯 기분 좋게
달달하고, 신맛이 지나치게 느껴지지는 않는다. 접시 한켠에는 마카로니 샐러드
대신 소스에 버무린 펜네 파스타와 절인 오이, 옥수수 통조림, 밥도 함께 있다.

돈까스는 얇고 작아 양이 그다지 많지 않았고, 함박은 모차렐라 치즈를 올려
녹인 독특한 모양이다. 돈까스를 나이프로 자르는데, 얇고 바싹 튀겨 그런지
쉽게 한 번에 잘려 나갔고, 소주 한 모금 마신 뒤 맛보니 소스와 잘 어울리며
입맛에 맞는다. 맛이 너무 세지 않고, 계속 당긴다. 다음으로 펜네 파스타를
맛보니 셀러리 향이 강하게 났다. 마요네즈와 셀러리가 참 잘 어울린다.

경양식에 파스타가 함께 나오는 곳은 종종 있지만, 뭔가 더 고급스럽게
느껴지는 부분이다. 다만 시금치가 아닌 절인 오이가 있는 것은 조금 아쉽다.
이건 취향 문제니까 단점이라고는 할 수 없지만.

치즈를 올린 함박은 직접 만드시는 듯 촉촉한 육즙을 머금고 있는데,
소고기만을 쓰는 듯하다. 부드럽고, 입안에서 치즈와 잘 어울린다. 무거운 고기
맛과 고소한 치즈 향의 조화. 대부분 함박스테이크는 돼지고기와 소고기를
함께 치대서 만드는데, 돼지고기의 역할은 먹을 때 육즙을 느낄 수 있게 하고,
만들 때 점성이 생겨 모양 잡기 편하게 하는 것. 물론 솜씨 좋은 식당에서는
소고기만으로도 그렇게 만드는 노하우가 있다.

높은 조리모 사이로 희끗희끗 보이는 반백의 사장님과 서빙을 하시는 사모님의
모습에서 부부가 좋아하는 일을 함께하시는 게 부러웠다. 나도 은퇴하면
아내와 무언가를 함께하면 좋겠는데. 물론 피아노 조율사라는 직업에 정년은
없지만, 나이가 더 많아지고 힘이 달리면 출장 다니기는 어렵지 않을까?
지금처럼 악기점이나 피아노 매장을 아내와 함께 운영하게 될까? 그러나
아내는 내 일에 관심조차 없으며 함께하고 싶어 하지 않으니 아내가 좋아하는
것을 찾아야 할 날이 올 듯하다.♪

개업 때 아는 화가가 그려준 벽화. 여기서 더 그리면 비용이 많이 올라가 그만 그렸다고 한다.

McGown Peak
Sawtooth Range, Idaho
By Jeff Gnass
KODAK EKTACHROME 64 Professional Film

서빙을 맡은 조경애 님이 골라 주기적으로 바꾸는 식탁 매트 이미지.
이것은 미국 아이다호의 맥가운 봉우리 사진.

Interview

조경애·신창호

라임하우스

조경애 99년에 개업했어요. 여기가 아니고 저 밑동네에서 했어요. 남편 퇴직하고, 시작했죠. 옛날에 이 사람(신창호)이 호텔에서 일할 때는 완전히 도제식이었어요. 지금은 호텔이나 조리 관련 학과 출신들이 일할 텐데, 그래서 호텔 음식이 요즘은 더 맛없는 거 같아. 아무튼 그때는 도제식으로 해서 설거지부터 2, 3년 하고, 천천히 배웠어요. 그 뒤에 채소 다듬고 썰고, 단계별로 하나씩. 그렇게 배워서 나중에는 도쿄호텔, 타워호텔 그런 데서 일했죠. 도쿄호텔은 없어졌어요. 일본 사람들이 하던 건데, 당시만 해도 최고였을 거야. 남대문에. 그리고 서교호텔. 마지막에는 책임자로 리버파크호텔 뷔페에서 9년인가 있다가 퇴직했어요. 뷔페는 잘 됐는데, 호텔 경영이 엉망이라 퇴직금도 못 받고 나왔어요.

린틴틴 개업하면서 경양식을 하기로 정한 이유는 무엇인가요?

조경애 이 사람이 양식 전문이에요. 근데 호텔 뷔페를 했으니 다 할 줄 알아요.

신창호 호텔 뷔페가 부서별로 다 따로따로 있잖아요. 양식당, 중식당, 일식당. 나는 처음에 양식으로 시작을 한 거예요. 근데 양식만 하면 한정이 되잖아요. 뷔페 일을 배우기 위해서는 채소도 다루고, 고기도 잡아야 하고, 그래서 요리사들이 여러 요리를 다 배워요. 그래서 나도 다 배웠죠.

뷔페라는 형태가 80년대 초까지 없었어요. 80년대 중후반부터 대유행, 88 올림픽 하면서 퍼진 거예요. 외국인들이 오니까 일반 식당들에서는 감당이 안 되는 거예요. 단체 손님이 올림픽 구경하고 한꺼번에 오잖아요. 그러다 보니 뷔페 식당이 퍼진 거예요. 뷔페 음식이 종류가 100여 가지가 넘어요. 근데 조리사가 양식만 할 줄 알면 안 되죠. 저는 76년에 요리를 시작했는데, 그때만 해도 요리사가 별로 없었어요. 호텔에만 좀 있고 그랬는데, 88 올림픽 기점으로 대학에 조리학과가 생기고, 1년에 졸업생이 만여 명씩 나오다 보니까, 기존에 있던 요리사들이 어려웠죠. 대학 나온 사람들이 마구 들이닥치니까. 우리 때는 대학 나온 요리사가 거의 없었거든요. 근데 그 조리학과 출신들이 이론적으로는 기가 막혀요. 근데 실제 와서 일을 하면 못 해요. 못 따라와요. 고기를 구워도 경험이 있어야 하는데, 못 해요. 근데 시간이 가니까 실력이 쌓이고, 그러니 원래 있던 요리사들이 치이죠. 나도 그런 고민도 하고, 호텔도 망하고, 그래서 나와서 라임하우스를 시작한 거예요. 제가 만드는 음식은 옛날 구닥다리 음식이에요. 왜? 내가 그렇게 배웠으니까.

조경애 개업하고, 여태 이렇게 해왔다는 자체가 저는 고마워요. 실력이 있으니까 그래도 버티고, 음식은 잘해요. 근데 고집이 말도 못 해요. 호텔 있을 때 별명이 독사였어요. 후배들이 그래요. 진짜 그때는 꼴도 보기 싫었는데, 지나고 보니 이 사람한테 그렇게 배운 게 진짜 제대로였구나, 자기들이 호텔 나가서 자기 가게 해도 안 망하고 살 수 있을 정도로. 이 사람도 그렇게 배웠으니까, 그게 또 계속 이 식당을 할 수 있는 힘이었고.

저 밑에서 처음 시작했을 때는 돈까스 5천 원 받았어요. 근데 호텔식으로 수프 나가고, 그렇게 하니까 대박이 났어요. 포크도 2개, 이 미련퉁이 아저씨 때문에, 그 설거지를 내가 하느라 얼마나 죽을 뻔했는지. 5천 원짜리 돈까스에 포크랑 이런 거만 4개예요. 어쨌든 몸은 축나도 장사는 잘됐는데, 갑자기 내쫓겼어요. 건물주가 자기들이 식당 한다고. 근데 7개월 하다가 간판 내리더라고요.

신창호　아, 야속하더라고. 3, 4년 고생하고 이제 막 치고 올라가려는데, 아, 매몰차더라고, 젊은 사람이. 학교 선생님이었는데, 당신, 학교 선생 맞느냐, 어떻게 이럴 수가 있느냐, 해도. 우리 내쫓고 같은 경양식으로 조카인가가 한다고, 경양식이라고 만만하게 본 거지. 당시에는 흔했으니.

린틴틴　처음부터 장사가 잘됐어요?

조경애　처음에는 직원도 2명 두고, 장사도 잘되고, 소규모 배달 뷔페도 했어요. 그때 대박 나고, 쫓겨났죠. 다시 0이 된 거죠. 직원들 다 나가고, 내가 본격적으로 보조 일을 했죠. 보조라고 해도, 사실 80%는 내가 일 다 해요. 처음에 나오니 죽을 거 같더라고요, 집에서 살림만 하다가.

신창호　요즘은 퓨전 식당이 젊은 사람들 입에 맞아서 많은데, 저희처럼 나이 먹은 사람들이 하기는 어려워요.

조경애　트렌드를 따라가기가 쉽지 않죠. 음식도 예쁘게 내잖아요. 이쁘게.

이윤희　라임하우스가 더 예쁘게 나오는데요. 벽화도 멋지고요.

조경애　예전 가게 있을 때 알게 된 분이 있는데, 그분이 그려 주셨어요.

린틴틴　와, 그리셨다고요?

이윤희　원화예요, 원화. 벽지 아니에요.

조경애　저걸 일주일 그렸거든요. 그리다가 그러더라고요. 여기서 더 그리면 작업비가 기하급수적으로 올라가, 여기서 스톱해야 돼. 붓 터치가 더 들어갈수록 입체적으로 그림이 좋아지는데,

이윤희　아, 그렇게 가격에 맞춰서 그리신 거군요.

조경애　인테리어도 그분이 해주셨는데, 반씩 딱, 주방 쪽은 모던, 창 쪽은 아테네풍인가 뭔가.

이윤희　신전인가.

조경애　여기로 옮겨와서 18년째 인테리어는 그대로예요. 이 파란 물컵도 처음 멋모르고 수입산 비싼 거로 맞췄는데, 다 깨 먹고 이제 이거 남았네요. 이 의자도 18년 된 거예요.

린틴틴   음악은 누가 트시는 거예요? 마돈나 노래네요, 라이크 어 버진(Like a virgin).

조경애   처음에는 제가 CD로 클래식만 틀었어요. 근데 종일 트니까 CD기가 1년이면 고장 나더라고요. 그래도 쇼팽이나 좋아하는 걸로 골라 틀고 그랬는데, 이 자리로 옮겨 와서는 몸이 지치기 시작하니까 못 하겠더라고요, 그걸 신경 쓰고 그런걸. 지금은 그냥 제일 광고 없는 CBS 라디오 틀어요. 시간대별로 다른 장르가 나오는데, 지금은 팝이네요.

린틴틴   두 분이 24시간, 365일 함께 있는데, 안 싸우세요?

신창호   부부지간에 절대로 같이 일하면 안 돼.

조경애   어유, 말도 못 해. 그래도 성실하니까. 비가 오나 눈이 오나 술을 많이 마신 날이라도 기어서라도 일어나서 나와요.

린틴틴   지금은 손님이 타지에서도 많이 오고, 단골이 많은 거 같아요.

조경애   네, 그렇죠. 마음이 안 좋은 날도 여기 오면 마음이 편하대요. 건강해서 오래 하면 좋겠다고들 하세요.

린틴틴   두 분이 이렇게 오래 하시고, 연세도 있으니 요즘은 좀 힘드시겠네요.

조경애   열심히 일해서 병원 갖다주죠. 몸이 다 삭았어요.

린틴틴   자녀분들은 가업을 이을 마음은 없대요?

조경애   어휴, 여기가 지옥이래요, 지옥. 어린이날, 크리스마스 날 오라 그래서 일 시켰거든요.

린틴틴   소스나 수프나 다 만드시는 거예요?

신창호   다 만들어요. 하나부터 열까지, 고지식하게. 라임하우스 처음부터 그랬어요. 호텔식으로 음식을 냈어요, 돈까스 5천 원 받으면서. 그래서 아주 초창기에는 사람들이 음식을 남겼어요, 낯설어서. 돈까스도 남기고, 브로콜리를 줘도 안 먹고. 당시에 브로콜리는 낯선 거였거든요. 그래서 계속 바꿨어요, 사람들 입맛에 맞게. 그래서 지금 여기까지 온 거예요. 원만하게 다 즐길 수 있게. 호텔에서는 레시피대로 딱 빼면 돼요. 원래 양식당 포크랑 수저가 10개예요, 한 세트가.

조경애   여기서는 포크 2개만 줘도 이거 어디다 쓰는 건지 물으세요. 어쨌건 그렇게 포크 개수 줄이듯 사람들 입맛에 맞춰 나간 거죠.

신창호 그래도 김치는 안 줘요. 양식당이 요새는 김치 주는 데가 많아요. 김치를 먹으면 이 본연의 맛을 못 느끼잖아요. 김치 맛이 세서, 김치가 어울리는 음식 먹을 때 먹으면 돼요. 요즘은 젊은 층, 커플들이 많이 와요, 검색해보고. 그래서 김치 달라는 사람도 별로 없고.

린틴틴 식전주가 나오던데, 입맛 돌더라고요.

신창호 조금 주는데, 식사 전에 식욕을 자극해줘요, 그게. 많이 먹으면 맛없어요. 저거 사서 집에 가서 마셔봐요, 맛없어요. 손님들이 몇몇 물어서 그거 슈퍼에 다 있어요, 하면 우리 집에선 맛있게 먹었는데 사 가서 집에서 먹어보고는, 사장님, 이거 속이시는 거 아니에요? 하는데, 허허. 다 주는 이유가 있죠. 근데 식전주를 주면 저는 손해예요. 사람들이 술을 안 시켜. 그래도 나는 사람들 입맛 돌게 해서 내 음식을 맛있게 먹어주는 게 좋으니까. 난 성공했다고 봐요. 니네 집 음식 맛없어, 이런 소리 잘 안 들으니까.

린틴틴 사장님, 약주 좋아하시죠?

신창호 옛날에 호텔 책임자일 때는 많이 먹었어요. 별로 할 일이 없어서. 근데 라임하우스 하고서는 거의 못 먹어요. 요리사들이 원래는 술을 먹으면 안 돼요. 오늘 술을 마시면 내일 간을 못 맞춰요. 혀가 안 돌아와요, 자기는 몰라도. 그래서 오늘 밤에 만약 술을 먹어야 한다 그러면 퇴근 전에 다 만들어 놓죠. 조리할 때 요리사의 기분, 컨디션 그런 게 요리에 다 들어가요. 중식이든 양식이든 레시피 있으면 만들기야 누구나 다 만들어요. 근데 그런 작은 차이, 그런 거에 이 집은 맛있다, 저 집은 맛없다 그렇게 되죠. 저도 어디 양식 잘한다, 일식 잘한다 그러면 가봐요. 스파게티집도 가고.

린틴틴 메뉴에 보니 나폴리탄이 있던데,

조경애 저희는 소스를 직접 만들어요. 저번에 유튜버인가 왔는데, 처음에는 시큰둥하더라고요. 돈까스 금방 다 먹더니, 나폴리탄도 먹었는데, 너무 맛있다고, 유튜브에 올렸더라고요, 새로운 발견이라면서.

린틴틴 아, 나폴리탄 먹으러 다시 와야겠네요. 음식 만드시면서 가장 중요하게 생각하시는 게 뭔가요.

신창호 음식 맛이 일단 좋아야죠. 그리고 위생. 청결.

린틴틴 같은 일을 오래 해오셨잖아요. 지겹지 않으세요?

신창호 허허허허허허.

린틴틴 나오는 음식에 비해 가격이 너무 싼 거 같아요.

신창호 우리가 조금 덜 가져가면 돼요. 종업원을 쓰면 이 가격을 유지 못 해요. 둘이서 그냥 하니까 되는 건데, 힘들죠, 이제. 경양식집이 재료비도 많이 들고, 그렇다고 아무거나 써서 할 수 있나. 내 입에 맞아야 손님한테도 내놓는 거지, 제 신조는 그래요. 그렇게 여태까지 해오긴 했죠.

린틴틴 그러니 조금 올리세요.

신창호 알아주는 사람은 아는데, 그거 알아달라고 하는 거 아니에요, 허허. 그럴 거면 음식점 하지 말아야지, 그냥 술을 한 병 더 팔지.

린틴틴 이 식탁 매트는 독특하네요. 미국 아이다호 무슨 봉우리인데.

조경애 매트 그림을 제가 골라서 수시로 바꿔요. 이거는 어디 다큐멘터리 사진에서, 이걸 바꿔서 해놓고 나면 뿌듯해요, 좀.

라임하우스, 조경애, 신창호.

돈까스

경기도 안성

마로니에

오므라이스

영하의 날씨지만, 청명해서 나들이하기 좋은 날이다. 큰아이가 진학하고자 하는 학교가 안성에 있어 인천 터미널에서 버스로 얼마나 걸리는지 알아보고 싶었고, 평소 궁금했던 경양식집도 그곳에 있다. 터미널에서 12시에 출발하는 버스에 올랐는데, 승객 대부분이 대학생. 방학 중일 텐데 학교 가는 학생이 많다. 갈수록 먹고살기, 아니 공부하기 힘들구나, 참. 창밖을 보며 1시간 40분 만에 안성에 도착했다.

아침을 거르고 나온 터라 간단히 설렁탕으로 끼니를 해결한 후 느지막이 경양식집에 가려고 100년 전통의 안일옥으로 향했다. 3대째 가업으로 이어오는 집. 개업 후 100년이 되었다니 평범한 식당은 아니다. 유럽이나 일본에는 100년, 200년 된 식당도 많지만, 우리나라에서 100년이면 정말 대단하다. 우시장이 있었던 지역이라 소고기로 만든 탕국이 유명한 집이다. 기와집을 개량해 고풍스러운 멋을 유지하고 있는 식당이고, 유기가 발달한 동네라 수저도 놋으로 된 것이 나온다. 고기가 넉넉한 설렁탕에 밥 한 그릇 말아 먹고 일어섰다. 좋은 식당에서 밥을 먹으면 대접받는 느낌이 든다.

서인동 근처 안성시장과 중앙시장이 도로를 사이에 두고 마주하고 있어, 여행지에서 늘 그렇듯이 재래시장을 구경하는 재미에 한참을 걸었다. 평일이라 그런지 상인들 말고는 손님이 없었고, 왠지 안타까움이 밀려왔다. 예전에는 이곳에 많은 사람이 오갔겠지. 요즘은 너무 편리한 것만 추구하니, 편한 만큼 재미가 없기도 하다. 신용카드 한 장 들고 주차장을 완비한 대형마트만 이용하는 나도 잠시 후회를 해본다. 썰렁한 시장이 한겨울 날씨 때문인지 더 춥게 느껴진다. 안성에는 최근 방송에 소개된 식당이 몇 있는데, 두어 달 손님들로 문전성시를 이루며 장사가 잘되고, 직원도 채용해 운영하지만, 대체로 몇 달 후 방송 이전의 상태로 돌아가니 업주로서는 결국 큰 이득이 없는 것 같다. 꾸준히, 자기 힘으로 탄탄하게 해나가는 게 훨씬 좋다.

중앙시장을 벗어나 주상복합 건물이 나타나고, 그 앞에 30년이 되었다는 레스토랑이 있다.

'마로니에'. 요즘에는 잘 쓰지 않는 상호가 오히려 친근감 있게 다가온다. 단어는 어떻게 떠오르고, 쓰이고, 사라지는 걸까. 어떤 식문화나 식당, 음식도 비슷한 길을 걷는 것 같다. 2층으로 올라가 유리로 된 출입문을 열고 들어가니 젊은 웨이트리스가 반기며 창가 자리로 안내한다. 종이로 된 식탁 매트를 깐 뒤 포크와 나이프를 놓아주고, 오래된 가죽 표지의 얇은 책자를 친절히 펼쳐준다. 사실 경양식 메뉴라는 게 네댓 가지가 주를 이루지만, 잘 보면 특별한 게 있는 집도 있다. 마로니에는 세트 메뉴로 오므라이스와 돈까스를 함께 내어주고, 비교적 가격도 저렴해 그것으로 골랐다.

샐러드와 함께 깍두기, 단무지가 나오는 걸 보니 중국집 반찬이 떠오른다. 잠시 후 따끈한 수프가 나왔고, 우유 맛이 나는 걸 보니 직접 만드는 듯하다. 맛있다. 수프를 직접 만드는 경양식집은 요즘 드물다. 생각보다 고된 일이어서(온종일 저어야 하니까), 손님이 많으면 그나마 양이 줄어드는 재미라도 있지만, 대체로 장사가 그럴 만큼 잘되지는 않으니까.

50대 후반으로 보이는 미남형의 사장님이 음식을 가지고 오면서 나에게 낯익은 얼굴이라며 친근감을 표한다. 혼자 온 외지인이 카메라로 가게 내부 사진을 찍으니 궁금해하신다. 목적을 간단히 설명해드리고 받은 음식은 커다란 접시에 돈까스 한 조각과 온전히 1인분 양으로 보이는 오므라이스. 꽉 찼다. 샐러드와 반찬을 별도로 받았고, 오랜만에 보는 시금치나물, 몹시 반갑네. 내가 어릴 때는 가니시(주요리의 모양과 빛깔을 돋보이게 하고, 맛을 더하기 위해 곁들이는 음식)로 시금치 나오는 곳이 많았는데, 역시 음식은 절반이 추억이다. 그 옆으로 콘 샐러드, 베이크드 빈이 나란히 놓여 있다.

손바닥만 한 돈까스 위에 과일 맛이 나는 데미그라스소스가 올려 있고, 양이 많아 보이는 볶음밥을 커다란 계란지단으로 모두 덮은 오므라이스가 매우 먹음직스럽다. 식사하기 전 음식을 바로 놓고 사진을 몇 장 찍는 것은 오래된 습관. 이 습관 덕에 책도 내고. 포크와 나이프로 돈까스 끝쪽을 잘라 보니, 등심을 두드려 만든, 적당히 두툼한 전형적인 한국식이다. 역시나 약간의

단맛이 나는 소스와 잘 어울린다. 튀김이나 전처럼 기름을 이용한 음식은 그냥 먹기보다 소스나 간장을 곁들이니 동, 서구의 음식문화가 비슷한 점도 많다. 콘 샐러드나 부대찌개에 주로 들어가는 베이크드 빈은 사실 맛보다 장식에 의미를 두는 것이 맞다.

오므라이스의 달걀을 살짝 들춰보니 야채와 소스를 넣어 볶은 밥이 한참 동안 마르지 않고 온기도 유지된다. 그러면서 느끼하지 않고, 담백하다. 돈까스 한 번, 오므라이스 한 번 번갈아 맛보니 돈까스는 반찬이 되는구나. 일본을 통해 들어온 음식이지만, 어차피 그들도 유럽 음식을 받아들여 일본 음식으로 만든 거다. 그게 또 우리식으로 바뀌고, 섞이고, 오므라이스와 돈까스는 이제 엄연한 한식으로 봐도 무방하다. 짜장면이 한식인 것처럼.

식사를 마치고 디저트가 있는지 물으니 종업원이 커피를 가져다준다. 테이블에
놓인 각설탕도 요즘에는 경양식집에나 가야 볼 수 있지. 가끔 문득 보면
귀엽다. 나른한 오후, 커피 한 잔 마시니 힘이 났고, 계산하면서 사장님과
이야기를 조금 더 나누다가 서로 인사를 하고 나왔다. 소화를 위해 신터미널로
걷다가 너무 멀어 택시를 탔고, 인천행 버스에 올라 잠시 눈을 감고 떴더니
고속도로에 교통체증이 심하다.♪

돈까스

부산 초량동

이른 아침 김포공항으로 가는 지하철에 올랐다. 부산에 궁금한 노포 경양식집에 가기 위해서인데, 고속열차 요금보다 저렴한 항공권을 예약했다. 어떻게 이게 가능한 건지 늘 궁금하다. 여행의 시작은 늘 설렌다. 어떤 일이 생길까 하는 마음과 더불어 맛볼 음식들에 기대가 크니까. 지루할 틈도 없는 동안 날아서 김해공항에 도착했다. 예전과 달리 지하철이 생겨 부산 시내로 가는 길이 수월해졌다. 얇은 겨울 점퍼를 입고 나왔지만, 3월 말 부산은 벌써 벚꽃이 피기 시작했네. 낮에는 제법 기온이 올라 점퍼를 벗어 가방에 넣고 다녀야 했다. 구포의 중국집에서 볶음밥으로 점심을 먹고, 광복동으로 향했다. 경양식집은 초량동에 있어 열차를 타기 직전에 들러야 하므로 광복동 일대를 거닐었다. 고갈비에 소주 한잔하려고 46년 노포 남마담 고갈비로 갔으나 출근하신 지 얼마 안 됐다고 30분 후에 오라고 하신다. 용두산공원에 잠시 올라 벤치에 앉았다. 어르신들이 삼삼오오 장기판 앞에 계셨고, 한 무리의 학생들은 사진 찍기에 바빴다. 편안한 풍경. 이렇게 익숙하고, 별것 없는 것도 일상 속에서는 잘 보이지 않는다. 그래서 사람은 여행을 떠나는 건지도 모르겠다. 봄 햇볕이 따뜻해 잠시 졸음이 밀려왔지만, 약속 시각이 지나 다시 고갈빗집으로 갔고, 50대 후반쯤으로 보이는 여성 분이 사장님. 원래 개업 당시 남씨 성을 가진 총각이 운영하다가 지금의 사장님 언니가 물려받았다고 한다. 언니가 몸이 불편해 동생에게 가게를 넘겨준 것이다. 고등어구이를 부산에서 고갈비라고 부르는 이유는 구울 때 연기가 모락모락 나는 게 갈비 같다고 한 데서 비롯되었다. 소나 돼지갈비를 쉽게 먹기 어려웠던 시절에 저렴한 고등어가 서민들의 흔한 안주였다. 작은 건물의 1층에는 테이블 2개, 2층에는 3개가 있으며 출입문 밖에서 구워 온 기름지고 고소한 고등어구이 한 마리에 소주 한 병을 마시고 일어섰다.

부산역에서 5분쯤 걸어서 도착한 달과 6펜스. 깔끔해 보이는 빌딩 1층에 있고, 통유리창으로 내부가 훤히 들여다보인다. 1985년 연산동에서 작은 돈까스가게로 시작했고, 지금은 이곳 부산역 부근에 번듯한 레스토랑으로 운영하는데, 연산동에 아직 예전 가게도 있다. 사진 찍기 편해 보이는 구석자리에 앉아 메뉴가 쓰인 검은색 보드를 보는데, 소주도 판다. 돈까스와 함께 주문했다. 여행의 묘미는 반주지.

단정해 보이는 검은색 옷차림의 직원이 수프와 깍두기를 먼저 내준다. 음식이 나오기 전 소주 한잔하는 데 이만한 게 없다. 10분쯤 지나 커다란 돈까스 한 조각과 마카로니 샐러드, 양배추 샐러드 그리고 삶은 당근과 완두콩, 옥수수가 함께 놓인 네모난 접시가 왔다. 샐러드가 2가지나 놓여 있으니 요리는 눈으로 먼저 느끼고 그다음 냄새로, 그리고 마지막에 맛으로 느낀다는 것이 새삼 떠오른다. 이곳은 밥이나 빵을 고를 수는 없고, 접시 밥이 별도로 나온다. 광활하다. 가늘게 채 썬 양배추 샐러드를 먼저 맛보고, 포크와 나이프로 돈까스를 한 조각 자르는데, 서걱거리는 소리에 벌써 침이 한 번 넘어간다. 적당한 크기로 한 입 베어 무니, 강한 신맛이 소스에서 난다.

레몬을 넣었을까? 이렇게 신맛이 강한 돈까스 소스는 처음이네. 그런데 이게
은근 입맛을 돋운다. 고기 냄새를 잡으려는 건지 튀김의 느끼함 때문인지
모르겠으나 산미가 강한 소스가 매우 독특하며 잘 두들겨 만든 등심 튀김과
잘 어울린다. 동남아 쪽 음식 같은 느낌이랄까.

오래된 경양식집에서는 시금치나물이나 삶은 채소가 접시 위에 종종 보이는데,
이곳은 당근과 완두콩, 옥수수를 섞어 한켠에 놓았다. 신호등 같다. 흰 접시에
담긴 여러 가지 색깔이 돈까스의 맛을 거든다. 다시 한번 돈까스를 맛본 후
마카로니 샐러드를 먹어보니 그것에도 얇게 썬 당근이 들어 있다. 물컹거리는
식감과 좀 더 단단한 식감을 함께 느끼는 재미가 있다. 경양식집 깍두기는 왜
이렇게 맛있을까? 기름에 구운 두부와 김치를 함께 먹으면 맛있는 것처럼 튀긴
고기와 깍두기도 잘 어울린다. 어릴 때 포크 뒷면으로 접시 밥을 꾹꾹 눌러 붙여
먹곤 했었는데, 오랜만에 예전처럼 맛보지만, 앞자리에 아무도 없으니 멋있게
보이지는 않는다. 소주 한 잔이 매우 달다.

시간이 없어 후식으로 커피를 마실 수 있는지 물어보지 못하고 나와
부산역으로 걸었다. 길게 늘어선 택시들이 서울역보다 훨씬 많다. 왜일까.
여행의 마무리는 늘 집에 있는 아내와 아이들에게 줄 간식거리를 사는 것.
출장이 잦은 일을 하는 사람들은 아마도 다 비슷할 것 같다. 가정의 평화를
위하여. 부산에 왔으니 역사 내 상점에서 유명한 어묵을 한 아름 사 들고
열차에 올랐다. 요즘에는 포장을 잘해줘서 음식 냄새 걱정을 안 해도 된다.♪

베이컨 더블 치즈 버거

국제식당

경상북도 칠곡
(왜관)

역사적으로 슬픈 일이지만 남과 북이 분단되면서 우리나라에는 미군이
주둔하고 있다. 그런데 가만히 살펴보면 미군 부대가 있었거나 지금 있는
지역 주변에는 특화된 음식들이 있음을 알 수 있다. 가령 동두천이나
의정부에는 부대찌개가, 평택에는 햄버거, 경북 칠곡에는 경양식집이 즐비하다.
고기를 많이 먹는 것으로 추정(?)되는 미군들의 식습관과 우리네 것이 만나서
만들어진 독특한 음식이 많다. 경양식집 음식들도 보면, 돈까스가 거의
스테이크처럼 두껍다든지 고기 사이에 햄을 끼워 넣는다든지 하는 식으로
좀 다르다. 이렇게 만들어진 식문화는 그 지역에 직접 가야 제대로 즐길 수
있다. 음식 맛뿐만 아니라 외국어가 많이 쓰여 있는 간판과 거리 모습,
들리는 낯선 언어들, 우리만의 문화에서는 나오기 어려운 식당 안 인테리어.
그런 모든 것이 음식과 함께 어우러져 그곳만의 공기를 만든다.

이슬비가 내리는 봄날 나는 왜관으로 간다. 예전에 조율하러 다녀오면서
인천에서 왜관으로 가는 가장 좋은 방법을 알아두었다. 광명역에서
고속열차를 타고, 대전역에서 무궁화호로 환승해 왜관역에서 내렸다.
2년 전 왜관을 찾았을 때 굳게 닫힌 문 때문에 맛보지 못했던 중국 만두가
생각나 역 맞은편 골목으로 향한다. 노란색 간판에 빨간 글씨로 쓰여 있는
지란방(芝蘭芳) 글자 안쪽에 환한 불빛이 보인다. 테이블 5개의 아담한 공간을
노부부가 꾸려나가며 술도 팔지 않고, 찐만두와 군만두만 판다. 나는 좋아하는
고기만두를 주문한다. 주먹만 한 만두 5개가 한 접시 나왔고, 예상대로 발효
반죽으로 만든 만두피가 입에 잘 맞는다. 콜라 한 캔을 곁들여 먹는 지란방의
만두가 흐린 날씨에 무척이나 맛있다. 날이 흐리면 만두나 짜장면, 햄버거
같은 밀가루 음식이 생각나지.

미군부대 정문인지 후문인지 모르는 곳, 아무튼 그곳의 국제식당으로 간다. ♪

영어는 크게, 한글은 작게.

어서오세요.

안녕하세요.

영어와 한글로 적혀 있는 메뉴판에 수십 가지 메뉴가 가득하다.

화려하지 않고 간결해 보이는 내부 분위기가 내 취향.

베이컨 더블 치즈 버거랑 감자튀김 주세요.

아,
소주도 한 병 주세요.

네.

음식 이름에서 알 수 있듯이 패티와 치즈가 두 장이고

토마토와 피클, 양상추까지 들어가니
두께가 상당하다.

두툼

베이컨 더블 치즈 버거
나왔습니다.

나는 평소에도 햄버거를 소주 안주로 삼는 일이
빈번한데, 미군들도 그 맛을 아는 듯하다.

감사합니다.

빵과 고기, 야채를 한꺼번에 먹는 식문화에 나름
영양소를 골고루 즐기려는 듯한 모습이 보이지만

나에게는 엄청난 고칼로리 식품으로 먼저 다가온다.

그래도 어쩔 수 없이 맛있다.

아, 찐~ 하다~

썰어 먹으니 좀
함박스테이크 같네.

두꺼운 햄버거를 손에 들고 먹기에 많이 불편하여
결국 접시에 두고 포크와 나이프로 조금씩 맛보기로.

손으로
들고 먹어야
제맛인데…

잘 구운 베이컨과 패티 사이에 녹아든 치즈에
소주를 곁들이니 전혀 부담스럽지 않고

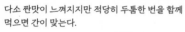

다소 짠맛이 느껴지지만 적당히 두툼한 면을 함께 먹으면 간이 맞는다.

짜르륵

30년 됐어요.

아, 그러시군요.

사장님, 여기도 꽤 오래됐죠?

네.

무뚝뚝하지만 전혀 불친절하지 않은 사장님은 낯선 이를 경계하는 탓인지 말씀을 아끼신다.

... ...

요 바로 옆이 더 유명한 경양식집인데, 어쩌다 여기로 왔어요?

이곳 햄버거가
무척 맛있어서요.
하하.

허허허.

바로 앞 가게는 물론 2년 전에 이미 가본 곳이다.

SWEET SOUR CHICKEN
CHICKEN STRIPS
CHEESE STICK
FRENCH FRIES
FRIED SHRIMP
YAKY MANDU
FRIED CHICKEN

사장님.
잘 먹고 갑니다.

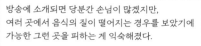

방송에 소개되면 당분간 손님이 많겠지만,
여러 곳에서 음식의 질이 떨어지는 경우를 보았기에
가능한 그런 곳을 피하는 게 익숙해졌다.

Good.

참, 저 중국집.
야끼우동으로
유명한데…

ROSE

그리고 여기선 찐-한 햄버거와 소주를 함께 즐길 수
있으니 얼마나 즐거운 일인가!

다음을 기약하자.
지금이 딱 좋아.

영어 먼저, 한글 나중으로 꽉 찬 국제식당 메뉴판. 라면이나 김치찌개도 있다.

생선까스

샐러드 쫄면

강원도 횡성

늦장마가 끝날 무렵 원주에서 전화가 왔다. 오래전 광명시에서 피아노 학원을 운영하다가, 지금은 건축회사에 다니는 분. 집에서 가끔 연주하는 피아노 건반이 원활히 작동되지 않는다고 한다. 몇 년 전부터 조율 때문에 뵈어온 원주의 60대 고객은 누가 보아도 선생님으로 보일 만큼 단정하고 우아한 분이다. '선생님은 이런 모습'이라는 생각도 이제는 많이 사라져서 옛 고정관념이긴 하지만. 여름철에는 높은 습도 때문에 건반의 작동이 멈추는 경우가 종종 있는데, 피아노 조율을 정기적으로 해야 하는 이유이기도 하다. 이슬비가 오락가락하는 토요일 영동고속도로에 올랐다. 인천에서 원주까지 운전해 가면 대략 1시간 반쯤 걸린다. 이천에 맛있는 돈까스를 하는 경양식집이 있어서 들르려고 했지만, 토요일 강릉 행 고속도로는 정체가 심해 원주로 바로 갔다. 20층쯤 되어 보이는 고층 아파트, 여기 다녀간 지가 1년쯤 됐나. 습관처럼 엘리베이터 안에서 거울을 보며 옷차림을 점검하면서 검붉은 공구 가방을 잠시 내려놓는다. 편한 작업복을 입고 다녀도 되지만, 고객에게 단정한 인상을 주고 싶어서 조율 일을 시작했을 때부터 늘 정장 차림이다. 입고 일하다 보니 이제는 이게 더 편한 것도 같다. 초인종을 누르고 들어서니, 전에 보이지 않던 어린 강아지가 꼬리를 흔들며 짖어댄다. 낯선 이를 경계하는 걸까. 그런데 꼬리는 왜 흔들지?

청소년기를 광명에서 보낸 나는 원장님이 학원을 했을 때 같은 곳에 거주했다는 이유로 30여 년 전 철산동과 하안동 이야기를 나누며 커피를 마셨다. 30분이 금방 흘러버렸다. 서둘러 피아노 조율해야지. 20년 정도 된 영창의 업라이트 피아노. 장식이나 조각이 전혀 없는 밋밋한 디자인이지만, 액션의 상태나 튜닝 핀도 잘 잡아주는, 핀 판이 좋은 모델이다. 그때만 해도 한국에서 모두 생산했는데, 요즘에는 국산이 없다. 중국 악기 시장은 세계적으로 알아줄 만큼 규모가 크며 우리나라 피아노 회사의 생산 공장도 대부분 중국에 있다. 덕분에 1년에 한 차례씩 베이징이나 상하이로 출장을 가지만, 이러다가 모든 제조업과 산업 기술을 중국에 잠식당할까 봐 걱정된다.

코로나 19 때문에 올해는 못 갈지도 모르겠다. 피아노 케이스를 열어
확인해보니 건반의 밸런스 홀과 프런트 홀의 부싱이 습기 때문에 부풀어 핀을
과하게 조이는 상태. 이러면 건반 연타가 되지 않고, 일부는 빠르게 작동되지
않는다. 우리가 보는 피아노 건반은 안쪽으로 길게 이어져 있는데, 그 중간
부분에 밸런스 홀이, 앞쪽에 프런트 홀이라는 구멍이 있다. 구멍 안쪽은
마찰음을 방지하기 위해 천으로 감싸여 있는데, 그것을 부싱이라고 한다.
여기로 키 판의 밸런스 핀과 프런트 핀이 통과한다. 이렇게 유기적으로 이어진
각 부위가 모두 문제가 없어야 제대로 소리가 난다.

밸런스 홀.　　　　　　　　　프런트 홀.

밸런스 핀과 프런트 핀.

건압대를 제거하고, 댐퍼 페달을 밟은 후 건반을 하나씩 눌러가며 테스트를
했다. 키 플라이어로 밸런스 홀과 프런트 홀의 공간을 넓혀 확보해주었다.
1년 전보다 피치도 많이 떨어진 상태라 꽤 오랜 시간을 들여 조율 작업을 마쳤다.
여름철 습기는 피아노의 적이다. 심한 경우 방습기라는 전열 기구를 하절기에만
사용하지만, 여름철 에어컨만 자주 써도 대부분 관리할 수 있다. 내년에 다시
찾아뵙겠다는 인사를 드리고, 횡성읍으로 차를 몰았다. 이천의 경양식집은
오늘 못 갔지만, 횡성에도 가보고 싶은 오래된 경양식집이 있으니까.

횡성 재래시장 부근 공영주차장에 차를 대고, 조금 걸으면 오래된 경양식집
슬기둥이 보인다. 슬기둥이라는 말은 우리 전통 악기인 거문고의 연주 기법으로,
경양식과 어울리지 않는 상호 같지만, 뭐, 어떤가, 싶다. 이 동네 몇몇 집에서
맛볼 수 있는 샐러드 쫄면을 이 집에서 찾는 손님이 많다고 하니 여러모로
어울리지 않는 부분이 많지만, 뭐, 어떤가, 싶다. 식당은 음식 맛만 좋으면 되니
개의치 않고 들어갔다. 조명은 매우 어두웠고, 낡아 보이는 탁자와 의자가
즐비하며 조용한 시골 마을 경양식집에서 식사하는 손님이 여럿 보인다. 중년
부부가 운영하는데, 서빙은 여자분이, 주방은 남자분이 맡아 하신다. 메뉴판을
보니, 돈까스와 생선까스가 함께 나오는 바보 정식(왜 바보인지 알 수 없다)도
있고, 이탈리아식 돈까스도 있네. 뭘 먹을까. 슬기둥을 찾은 목적은 샐러드
쫄면이지만, 생선까스를 함께 주문했다. 어려서부터 경양식집에서는 거의
돈까스를 먹고는 했는데, 어느 순간부터 나도 모르게 생선까스를 찾기 시작했고,
늘 직접 만드는지 여부를 확인하고 주문한다. 굳이 식당에서 냉동식품을 먹을
이유가 없으니까. 돈도 아깝고.

수프가 먼저 나오고, 샐러드와 단무지가 찬으로 나왔다. 수프 맛이 특별하지
않아 맛만 보고 밀어두었다. 식기 한 세트가 바구니에 별도로 나오니 위생이
좋아 보인다. 하얗고 커다란 접시에 생선튀김 서너 조각과 아이스크림 스쿠프로

앙뜨레. 엉뜨헤. 전식. 그러나 해당 음식들은 메인이다.

밥을 떠 놓았으며 한켠에 감자튀김과 피클, 푸실리가 놓여 있어 제법 모양새가
괜찮다. 생선까스에는 타르타르소스가, 감자튀김과 푸실리에는 케첩을
올렸는데, 중학생 때 처음 보았던 케첩이 생각난다. 그 시큼하고, 달고, 빨간
것을 먹던 첫 기억은 지금 또렷하지 않지만, 어머니가 볶음밥을 만들어주시면
나는 늘 케첩을 뿌려 먹고는 했다. 검은색 면기에 담아 내온 샐러드 쫄면을 보고
경악하고 말았는데, 쫄면 사리 위로 양배추와 오이, 당근을 채 썰어 올리고,
그 위에 마요네즈와 케첩이 듬뿍, 이었다. 아, 이게 맛있을까. 튀김은 식으면 맛이
덜하니 생선까스를 먼저 나이프로 잘라 맛보았다. 바삭함과 고소함, 풍성한
소스, 부드러운 생선 살이 입안에서 잘 어우러진다. 밥도 포크로 먹어보고.

쫄면을 채소와 소스가 잘 섞이도록 비벼 놓고, 맛을 상상해본다. 과연 먹어도 될까? 너무 느끼하면 어쩌지? 이 동네는 어떻게 이런 음식을 만들어냈을까? 걱정하며 한 젓가락 맛보았는데, 집에서 케첩+마요네즈 드레싱에 먹는 샐러드 맛과 다르지 않았고, 쫄깃한 면을 비벼 먹으니 고소하고 새콤한 맛이 매우 잘 어울렸다. 오, 이거 의외로 괜찮네? 유치한 맛인데, 맛있다. 정신없이 먹다 보니 샐러드 쫄면은 남아 있지 않았고, 생선까스에 다시 집중. 입안에서 이 둘이 또 조화롭다. 생선까스는 먹다 보면 가끔 느끼한데, 이렇게 같이 먹으니 그런 게 없다.

별거 아닌 듯 독특한 듯 이상야릇한 음식, 그 음식과 경양식의 조화를 처음 경험한 날이다. 고속도로를 달리는데, 배가 불러 그런지 졸음이 밀려오는데, 확 졸리진 않다.♪

돈까스

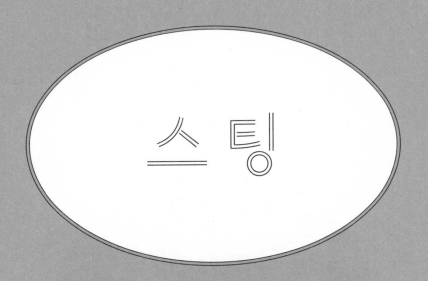

스팅

강원도 철원

철원으로 당일치기 여행을 위해 자동차 핸들을 잡았다. 개성보다 위도가 높으며 우리나라 최북단 영토, 한국전쟁 당시 참혹함이 어느 곳과 비교할 수 없이 치열한 전투가 있었던 곳이다. 국토의 정중앙이며 강원도라 고성과 더불어 막국수 노포가 많으며 안보 관광지로 알려져 있다. 2시간쯤 달려 도착한 곳은 민통선 부근의 옛 노동당사인데, 요즘 학생들은 잘 모르는 가수 서태지와 아이들의 뮤직비디오에 나왔던 곳이다. 지금은 포탄의 흔적과 함께 앙상한 뼈대만 남아 있다. 사진 몇 장을 카메라에 담고, 인근의 고찰로 이동한다.

도피안사. 국보 제63호 철조비로자나불좌상을 바라보는데, 내 종교와는 다르지만, 무엇인가 숙연함이 느껴진다. 나이가 들수록 부처님이든 하나님이든 알라든 신은 어떤 하나의 존재라고 느껴지고는 한다. 사람의 마음속에 있는 신. 한때 군부대에서 관리하다가 지금은 불교 종단에서 관리하는 것으로 안다. 사찰을 걷는데 팔자 좋은 누렁이가 낮잠을 자는 모습이 세상 부럽다. 사람이든 개든 행복 또한 마음속에 있는 것 같다. 다시 차를 몰아 잠시 들른 곳은 한국의 나이아가라로 알려진 직탕폭포. 높이 3~5m, 넓이 80m. 웅장하나 사납지 않다. 오래전 용암이 흘러 겹겹이 쌓인 상층에서 수직으로 떨어지는 강물이 맑아 물고기 떼가 다 보인다. 수만 년 세월이 만든 폭포를 보니 50년 내 인생은 가벼이 느껴지지만, 그동안 나는 열심히 살았을까? 지난 일들을 잠시 생각한다. 벌써 점심시간이 되었네.

신철원에 도착, 버스터미널 옆에 있는 스팅이 오늘의 최종 목적지다. 주차가
마땅치 않아 갈말읍사무소에 주차하고, 천천히 걸어 2층에 있는 경양식집으로
들어갔다. 80세쯤 되신 듯한 백발의 어르신이 맞아주셨고, 내부는 특별한
인테리어 없이 깔끔하다. 중앙에 산세비에리아 화분이 줄지어 서 있는 게 눈에
들어온다. 할머니는 주방에서 요리를, 할아버지는 접객과 계산을 하시는 듯하다.
주방에서 고기를 두드리는 소리가 들렸고, 그 규칙적인 소리와 내 심장의
박동이 거의 맞아떨어진다. 할아버지가 코팅된 책받침 같은 차림표를 주셔서
보니 돈까스가 5천 원. 요즘 대부분 만 원이 넘는데, 너무 저렴해 놀랐다.

1994년에 개업했으니 정년퇴직이나 은퇴하신 후 소일거리로 시작하신 것으로
짐작된다. 냅킨으로 싼 포크와 나이프, 스푼. 오래된 경양식집에서 볼 수 있는
방식이다. 이게 참 이상하게, 위생적이고 대접받는 느낌 같은 걸 준다. 주문 후
수프가 나왔고, 특별함은 없지만 5천 원 하는 돈까스에 수프라니. 직접 담근
김치도 주시고, 테이블마다 놓인 주유소 갑 티슈가 재미있게 보인다. 따로
구매하신 걸까? 아니면 대량으로 얻어오신 걸까.

15분쯤 기다리니 드디어 돈까스가 나왔다. 가격 때문에 크게 기대하지
않았는데, 놀라울 정도로 화려하고 푸짐하다. 두껍고 커다란 돈까스 한 덩어리에
소스가 풍성히 덮여 있고, 한켠에 밥과 감자튀김 서너 개, 춘권 튀김이 보이며
양배추와 마카로니 샐러드가 있다. 그리고 통조림 과일이 작은 은박 용기에
담겨 있고, 옥수수 알갱이와 당근, 오이 2가지 야채 스틱까지 있으니 놀랄
수밖에 없다. 조심스럽게 나이프로 잘라서 맛본 돈까스는 잡내 없이 담백한 맛.
달콤한 소스와 밸런스도 잘 맞는다. 튀김의 고소함이 더해지니 한 가지
음식에서 여러 맛을 느낄 수 있어 좋다. 두툼한 고기를 보니 5천 원 받으면
남는 것이 없을 것 같다.

뭐라도 더 팔아 드려야 한다는 생각에 콜라도 주문한다. 좋아하는 마카로니
샐러드를 맛보고, 뜨거운 감자튀김을 살살 불어가며 먹었다. 주방에서 다시
고기 두드리는 소리, 할머니의 수고스러움을 생각하니 가격이 너무 저렴하지만,
이 돈까스는 터미널을 오가는 군인들의 든든한 한 끼가 되어주겠지. 노부부의
너그러운 마음씨에 가슴이 따뜻해진다. 두툼한 돈까스와 샐러드, 튀김을
남김없이 모두 비우고 잘 먹었다는 인사를 드리며 계산하는데, 콜라 한 캔 값
천 원을 포함해 6천 원. 만 원 한 장 드리고 거슬러 받는 내 손이 부끄럽다.
거스름돈 받고 싶은 마음은 전혀 없지만, 버릇없어 보일까 봐 공손히 받았다.
하루 동안 많은 것을 보고, 맛있는 음식을 잔뜩 먹고 집으로 돌아가니 오늘 밤
내내 배가 부를 것 같다.♪

함박스테이크

국제경양식

인천 송도

오래전부터 미군이 주둔한 우리나라는 미군 부대 주변에서 명맥을 유지하고
있는 경양식집이 많다. 햄버거와 돈까스 전문 경양식 노포가 동두천이나 평택,
왜관에 많음이 이를 증명한다. 부평에도 미군 부대가 있었고, 인천의 경양식,
하면 국제경양식이 가장 먼저 생각난다. 호텔 안 식당들을 빼면 인천에서 가장
오래된 경양식집이다. 처음 찾았던 건 20년 전 아내와 함께였다. 회사 선배가
추천해주었는데, 신흥시장 허름한 건물 1층에 있었다. 나무로 된 테이블과
의자가 있고, 화려하지 않은 그냥 분식집 분위기였다. 송도에 신도시가
조성되면서 지금의 자리로 이전했는데, 깔끔하고 세련된 모습으로 바뀌었다.
하지만 그런 것과 상관없이 60대 후반의 최 사장님은 지금도 주방에서
진두지휘하신다. 미군 부대 요리사 출신인 사장님이 신포동에 스낵하우스라는
상호로 처음 개업했고, 부근의 빌딩 1층으로 이전, 다시 신흥동으로 옮기면서
국제경양식이라는 상호를 사용하기 시작했다. 그 빌딩 이름이 국제빌딩이어서
국제경양식이 되었다는 후문.

우리나라 최고의 함박스테이크를 내는 곳이라 오랜만에 생각나 송도로 점심을
먹으러 간다. 한겨울 한파가 매섭지만, 매장에서 차로 15분이면 갈 수 있는 곳.
점심 식사를 늦게 하는 편이라 늦은 시간에 갔는데, 빈자리가 거의 없을 정도로
손님이 많고, 한쪽에는 어르신들이 식사하시며 소주를 곁들이는 모습이 보인다.

이 집 함박스테이크를 맛보면 다른 곳에서 먹기 힘들다. 그만큼 맛있어서
15,000원이라는 가격이 비싸다는 생각이 전혀 안 든다. 매우 훌륭한 음식이다.
주문하려고 직원분과 눈 맞춤을 하니 테이블로 다가왔다. 함박스테이크로
부탁했고, 수프는 야채와 크림 중 어느 것을 원하는지 물었는데, 매콤한
야채 수프의 매력을 나는 이미 알고 있다. 메인 디시와 함께 나오는 식사는
빵과 밥 중에 선택하면 되는데, 당연히 빵으로 부탁했고, 이곳에서 직접 만드는
빵 맛 또한 이미 알고 있다.

테이블 구석에 놓인 후추와 소금 병이 재미있다. 처음 본 사람은 소금 병에 웬 쌀 뻥튀기? 할 수도 있지만, 예전에는 습기를 방지하기 위해 쌀 뻥튀기를 함께 넣어두고는 했다. 그러면 습기를 잡아 소금과 후추가 쉽게 눅눅해지지 않는다. 요즘에는 거의 볼 수 없는 광경. 야채 수프가 가장 먼저 등장. 당근과 양파가 들어 있는데, 카레와 후추 향이 나며 살짝 매콤한데, 은근히 당기는 맛이다. 부드러운 빵은 버터와 사과잼이 함께 나온다. 이 집은 수시로 빵을 굽기에 빵이 따뜻하고, 무척 촉촉하다. 빵을 뜯어 한쪽에 약간의 버터와 사과잼을 발라 먹었다. 빵을 수프에 찍어 먹길 좋아해 그렇게도 먹는다. 향긋하고 부드럽다. 샐러드는 양배추를 채 썰어 오이와 함께 내왔으며 드레싱이 뿌려져 있다. 모든 접시가 하얀색이라 무척 정갈해 보인다.

드디어 함박스테이크와 감자튀김과 마카로니 샐러드, 푹 삶은 당근이
한 접시에 나왔다. 우선 눈이 즐겁다. 양파를 오랫동안 볶으면 색이 진해지며
캐러멜처럼 변하는데, 그것을 소스로 만들어 스테이크 위에 올렸다. 다른
집처럼 묽지 않다. 농축된 소스 맛이랄까. 깊다. 함박스테이크는 돼지고기와
소고기 다짐육을 적당히 혼합하거나 돼지고기만 사용하는 경우가
대부분이지만, 국제경양식의 것은 소고기만을 썼는데도 육즙이 가득하고,
퍽퍽하지 않다. 양파소스와 무척 잘 어울린다. 나이프로 적당한 크기로
자르고, 소스를 얹다시피 해 함께 먹었다. 딱 떨어지는 조화. 고기의 따끈한
온도와 함께 촉촉함이 느껴지는 매우 훌륭한 함박스테이크다. 남아 있는 빵
한 조각에 약간의 틈을 만들어 스테이크 한 조각을 넣어 맛보는 것도 특별한
재미다. 최상급 햄버거 같다. 같은 빵과 고기를 따로 먹는 것과 겹쳐 먹는
것인데, 맛이나 기분이 참 다르다. 예전에 한 번은 돈까스에 소주를 곁들여
먹은 적도 있는데, 국제경양식은 함박스테이크를 가장 잘하는 집이다.

상큼한 샐러드를 중간에 한 번씩 맛보았고, 감자튀김은 포만감에 도움이
되니 양이 부족하지 않다. 디저트로는 탄산음료와 커피가 있는데, 나는
늘 커피를 고른다. 따뜻한 커피를 마시며 주방 쪽을 무심히 본다. 50년간
요리사라는 직업을 자랑스럽게 여기며 평생 주방에서 일하시는 사장님.
눈 감았다 뜨기도 무서울 만큼 빠르게 변하는 요즘 세상에서 그 50년은
어떤 의미일까. 내게도 한 가지 일을 해온 그런 시간이 있다. 점점 사라져가는
어쿠스틱 악기들. 피아노 조율사라는 직업은 50년 후에도 존재할까?
그럴 리가 없지. 커피 맛이 좋다.♪

서울 상도동

치즈 돈까스

피아노 현이 끊어졌다는 연락을 받은 곳은 상도동.

어서오세요~

서울까지 출장 가는데 현 교체 비용 3만 원을 받고
다녀오는 건 아무런 이득이 없어 보이지만,

방음 설치가
되어 있네요.

여기예요.

상도

다음번 조율 시 다시 연락이 올 것이고, 끝난 후
궁금한 경양식집에 들르려는 생각에 약속을 잡았다.

몇 해 전에 중고로
구했었거든요.

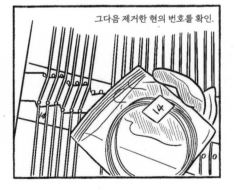

현 한 가닥에 거의 100kg의 장력을 견뎌야 하기 때문에 고탄소강을 사용하거든요.

적합한 현을 찾아 아래쪽 히치 핀에 U자 모양으로 끼우고, 위쪽 튜닝 핀까지보다 손바닥 정도 더 길게 재단한다.

아, 음, 그럼 어떡해야 하죠?

지금 보니 탄소 함유량이 부족한 현을 쓴 것 같아요. 이런 상태라면 원래 있던 현들도 앞으로 하나씩 끊어질 게 분명합니다.

끊어진 현은 교체하겠습니다. 일단 쓰시다가 끊어지면 또 불러주세요.

네.

남은 작업을 이어서. 코일메이커로 코일을 먼저 만들어 튜닝 핀에 끼운 뒤 나머지 현 교체를 마무리했다.

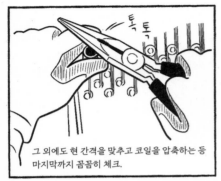

톡 톡

그 외에도 현 간격을 맞추고 코일을 압축하는 등 마지막까지 꼼꼼히 체크.

그럼 이제 미리 생각해둔 아마르로 출발!

음대생 이신가 봐요?

아, 아니에요.

딩 디잉

전공의의 피아노 연주회라, 재밌겠다.

피아노 연주회 준비 중이고요. 저는 의사예요. 영상의학과.

네?!

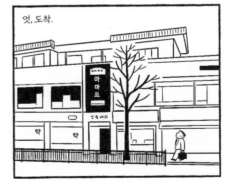

엇, 도착.

20년 정도 영업하고 있는 아마르는 약국 2층에 있다. 오후 4시쯤인데, 다행히
문이 열려 있다. 목제 의자에 패브릭 쿠션으로 방석과 등받이를 적절히
만들어 놓았고, 중년 부부가 운영하시는 듯하다. 요리는 주방에서 남자분이,
서빙은 여자분이 담당하신다. 투명한 플라스틱 물컵에 생수 한 잔 받으며 치즈
돈까스와 소주 한 병을 주문했고, 잠시 뒤 옥수수 강냉이와 피클을 테이블에
놓고 가신다. 점심때가 훨씬 지나서 몰려오는 허기를 강냉이로 달래며
기다린다. 식당에서 나오는 음식은 무엇이든 다 이유가 있지. 피아노 조율할
때의 모든 움직임도 그렇고.

아메리칸 돈까스가 무엇인지 궁금하다.

10여 분 후에 주문했던 치즈 돈까스가 나왔다. 네모난 접시에 작은
애호박만 한 원통형 튀김, 불그스름한 소스가 깔려 있고, 채 썬 양배추와
어린 새싹 채소 샐러드, 그리고 한 줌의 밥이 놓인 매우 간결한 구성이다.
사실 베이크드 빈이나 캔 옥수수 등은 맛보다는 '보는' 용도가 크니까,
이렇게 간결한 접시 위도 군더더기 없어 좋은 것 같다. 얇게 편 돼지고기에
모차렐라 치즈를 넣어 김밥처럼 돌돌 만 뒤 빵가루를 입혀 튀긴 돈까스인데,
왜관 한미식당에서 맛보았던 코던 블루의 모습과 비슷해 보인다.

포크와 나이프로 돈까스의 끝부분을 조심스럽게 잘라보니 하얀 치즈가 주르륵
흘러나온다. 아, 배고팠는데, 자극이 심하다. 사진이고 뭐고 얼른 입속에 넣고
싶지만, 자제한다. 치즈가 너무 묽어 소스와 범벅이 되었지만, 크게 불편하지
않다. 흐르는 치즈를 돈까스 위로 여러 차례 걸어 올린 후 맛보는데, 평소
치즈를 좋아하지 않지만, 겉 튀김의 바삭한 치감과 치즈의 부드러운 쫀득함이
동시에 느껴져 기분 좋다. 나이프로 자를 때마다 흘러나오는 치즈가 고기보다
많아 조금 아쉽기도 하지만, 튀김의 고소함과 더불어 치즈와 소스의 풍미가
대단해 소주를 한잔 마셔야 했다. 오이 피클로 입안을 정리해주고, 자세히
들여다보니 코던 블루와 다른 점이 보였는데, 얇은 돼지고기 안쪽에 햄이
보이지 않는다. 그래서 그냥 치즈 돈까스라고 하는가 보다.

평소에 샐러드를 즐기는 나는 집에서 소주를 마실 때도 샐러드를 안주 삼아 자주 먹는데, 아마르의 샐러드는 양은 많지 않으나 드레싱이 넉넉해 조금씩 먹어도 충분하다. 작은 그릇으로 모양을 잡아 나온 밥은 흑미가 섞여 고소하다. 깍두기가 안 나와서 돈까스를 반찬 삼아 먹어야 해 밥은 좀 남겼다.

수프나 국물이 없지만, 가격을 생각하면 불만 없다. 이렇게 김밥처럼 말아 나온 치즈 돈까스를 요즘 보기 어려운데, 주방에서 일일이 수작업해야 하는 수고를 생각하면 매우 훌륭한 돈까스다. 지금은 예전과 다르게 다양한 외식 문화를 쉽게 접할 수 있으니 젊은 층이 자주 찾는 곳은 아닐 테지만, 8~90년대 경양식집에 추억이 있는 사람이라면 아마르의 치즈 돈까스가 만족스러울 것 같다.♪

충청남도 홍성

초우 정식

츠우
.
훼미리

훼미리 비프까스

70~80년대 외식 문화는 중국집과 더불어 경양식집이 전부였다. 90년대 이후 패밀리 레스토랑과 치킨집의 등장으로 경양식은 점점 쇠퇴했고, 특히 돈까스와 오므라이스는 분식집에서 흔히 맛볼 수 있는 음식이 되었다. 이는 냉동식품의 발달과 대형마트의 존재가 큰 역할을 한 듯하다. 돈까스는 공장에서 대량 생산하며 가격이 저렴해져 분식집에서도 판매하는 계기가 되었고, 오므라이스는 조리법과 재료가 간단하다.

대도시보다 지방의 작은 도시에는 아직 오래된 레스토랑이 곳곳에 남아 있으며 기회가 될 때마다 찾아 맛보고 있다. 보통은 조율 의뢰가 들어오면 미리 그 지역 경양식집을 알아두고, 조율 일을 마친 뒤 찾아가지만, 이번에는 갑자기 궁금한 경양식집이 생겨 쉬는 날을 기다려 홍성으로 간다. 대중교통을 좋아하지만, 광천과 홍성읍이 목표여서 오랜만에 운전대를 잡았다. 인천에서 2시간쯤 달려 도착한 광천은 홍성군에 속한 읍소재지로, 젓갈과 김이 유명한 곳이다. 중앙시장 부근 2층에 있는 초우는 40년 동안 영업 중인 노포 경양식집인데, 지금의 송 사장님이 물려받아 하신 지는 10년 되었다. 오래된 인테리어지만, 깔끔히 관리되어 있다. 창가 자리에 앉아 사장님 추천으로 정식 메뉴를 주문했다. 경양식집의 정식은 대체로 여러 가지 메인 메뉴를 맛볼 수 있다는 장점이 있다. 그러다 보면 이도 저도 아닌 식사가 될 때도 종종 있긴 하지만.

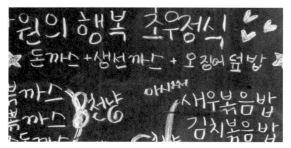

초우 레스토랑 입간판. 마시쩌.

투명한 유리병에 든 생수와 유리잔을 함께 받았다. 고급스러운 테이블보와
잘 어울린다. 수프가 먼저 나왔지만, 특별한 맛은 아니어서 옆으로 미뤄두고,
스마트폰을 잠시 들여다보며 기다리니 메인 접시가 나왔다. 두툼한 돈까스
한 조각과 기다란 생선까스 한 조각 그리고 양배추 샐러드, 피클, 마카로니
샐러드의 구성이다. 밥이나 빵이 나올 듯한데 소식이 없고, 깍두기 한 접시만
나오니 뭔가 섭섭하지만, 만 원짜리 한 장으로 먹을 수 있어 그런대로 괜찮다.
돈까스를 나이프로 잘라 맛보고 있는데, 그라탱 용기에 밥과 오징어 볶음이
함께 나왔고, 그 양이 적지 않다. 정식에 오징어덮밥이 포함된 것. 식당에서
직접 만든 돈까스와 생선까스, 오징어덮밥이 정식 구성이라니, 경양식집을 많이
다녔지만, 새롭다. 이 조합은 과연 어떨까. 매운 밥 때문에 우동 국물도 나왔다.

뜨거운 생선까스를 미리 여러 조각으로 자른 뒤 한 조각 맛보았다.
타르타르소스의 고소함과 달큰함, 동태살의 담백함이 입맛에 매우 잘 맞는다.
오징어 볶음을 포크로 떠먹는데 아삭한 양파와 쫄깃한 오징어가 입안에서
매콤하게 뛰논다. 양념 맛과 약간의 불맛이 입에 착착 붙는다. 매운 기를
샐러드로 중화하고, 다시 돈까스에 집중, 잡내 없는 돼지고기와 바삭한 튀김옷이
브라운소스와 잘 어울린다. 생선까스와 번갈아 가며 모두 먹었다. 매운 음식과
튀김은 어느 정도 맛이 보장된 조합. 이런 조합은 때때로 음식들이 서로의 맛을
방해해서 촌스럽게 느껴지지만, 초우의 정식은 각각의 요리가 다 맛있어서
이것저것 따질 생각이 안 든다. 남은 오징어덮밥은 잘 비벼서 깍두기와 함께
먹었고, 배부르게 식사를 마치고 나왔다. 이것이 시골인심인가? 너무 푸짐하네.

소화할 겸 이리저리 걷다가 30분쯤 걸리는 홍성읍으로 출발. 상설시장
공영주차장에 주차하고, 1985년에 개업했다는 경양식집으로 향한다. 시장과
도로를 사이에 두고 있는 훼미리 레스토랑. 패밀리가 아니다. 에프(F)와 피(P)
발음을 구분하기 위해서인데, 내 나이 또래 아저씨 중에 이렇게 발음하는
사람이 유난히 많다. 훵크(funk), 펑크(punk), 그런 식이다. 그러나 포크(folk)는
호크라고 하지 않는다. 훼미리. 어쨌건 정겹다. 안으로 들어서니 점심시간이
훨씬 지났는데도 식사하는 손님이 꽤 많다. 혼자 경양식집을 다닌 지도 꽤
오래되었으니 익숙하게 구석 자리에 앉았고, 서빙을 하는 직원이 보이지 않아
천천히 플라스틱 차림표를 살폈다. 대부분 첫 번째 자리에 돈가스가 있지만,
이곳은 비프까스가 먼저 보인다. 주인장의 자신감 표현. 계산대로 가
비프까스를 주문했다. 50대 또는 60대로 보이는 부부가 운영하고, 요리는
남자분이, 계산과 서빙은 여자분이 하시는 듯. 테이블로 수프를 가져다주셨는데,
기성품이 아닌 직접 만든 것이다. 요즘에는 수프를 직접 만드는 집이 드물다.
수프를 만드는 노력에 비해 크게 뭐가 없으니. 게다가 옛날처럼 사람들이
경양식집에 '폼 나는' 외식 풀 코스를 바라는 것도 아니니까.

예전에는 경양식집에서 빵을 직접 굽는 곳도 많았고, 주문 시 식사는 빵으로
할 건지 밥으로 할 건지 묻고는 했다. 요즘에는 빵을 굽는 경우가 거의 없다 보니
선택의 여지 없이 주는 대로 먹어야 하는데, 간혹 마늘 빵이나 모닝 빵을
구매해 구워주는 곳도 있다. 훼미리에서는 접시 밥과 함께 깍두기가 나왔으며
내게 경양식집 깍두기의 존재는 매우 특별하다.

별 거 없어 보이지만, 훼미리에서 직접 만드는 수프.

곧 화려한 모습의 비프까스가 등장했는데, 다양한 색깔의 채소 샐러드가
소고기 튀김과 함께 나왔다. 비프까스에는 검붉은 소스가 올려 있는데,
양송이버섯과 파프리카, 양파, 당근을 크게 썰어 넣은 독특한 소스다. 나이프로
조금 잘라 맛보니 소스에 매운맛이 느껴졌고, 고기는 질기지 않고 부드러워
예전 방식을 고수하고 있는 것 같다. 돈까스와 다르게 비프까스는 약간 질긴
식감과 부족한 육즙을 보완하기 위해 고기를 얇게 썰어 튀긴다.

차림표에 첫 번째로 표기한 이유를 알 듯하다. 매운맛 때문에 밥을 계속 곁들여 먹어야 했고, 한 접시에 10여 종류의 채소를 볼 수 있는 독특하면서도 전통적인 비프까스가 입맛에 잘 맞았다. 홍성 분들은 매운 음식을 좋아하는 건가. 왜일까. 식사를 마치고 재래시장을 구경하며 걸었고, 단서를 발견하지는 못했다. 40년 노포 만둣집에서 아내와 아이들 주려고 만두를 조금 샀다.♪

함박스테이크

생선까스

솔비알

충청북도 제천

오전에 있던 조율 스케줄이 갑자기 연기되었다. 상심한다고 좋을 게 없다.
오후에는 원래 서울 고궁 나들이 가려고 했는데, 고스란히 하루가 자유롭게
주어졌으니 계획을 바꿔볼까. 무작정 인천 터미널에서 제천 행 버스를 탄다.
아무런 예정 없이 시작한 여행, 버스에서 어느 곳에 갈 것인지 서둘러 찾아보았다.
제천 터미널에 도착해 우선 걸어서 20분 거리의 분식집을 찾았다. 똑같은 상호의
서로 관계없는 분식집이 나란히 있다. 간판에도 똑같이 '제천빨간오뎅'이라
쓰여 있는데, 이 지역 명물이라고 하고, 원조집이 15년 되었다고 한다. 둘 중에
어디가 원조지? 나는 빨간오뎅을 20년 전 정선의 고한시장에서 아내가 유명한
음식이라며 데리고 가 맛본 적 있는데, 어찌 된 영문인지 모르겠다. 횡단보도를
건너 두 집 중 가까운 곳에 들어가 삘간오뎅 한 접시와 튀김을 주문했다.
어묵꼬치에 떡볶이처럼 매운 양념이 발려 있다. 반갑게도 분식집에서 거의
볼 수 없는 소주를 팔기에 한 병 부탁드려 반주를, 아니 점심식사를 했다.

4월 초 제천의 날씨는 춥지도 덥지도 않아 시내를 한참 걸었다. 「중국집」에
소개했던 대광식당을 지나는데 문이 닫혀 있다. 사장님 건강상 이유로 당분간
휴업 중이라고. 노포 식당은 대물림이 되지 않으면 휴업이나 폐업할 수밖에
없으니 안타까운 일이다. 가게와 음식, 맛과 멋, 사람들, 거리의 공기와
분위기까지 모두 사라진다. 제천에는 사슴고기(사슴 떡갈비)를 내는 경양식집이
있어 역전에서 택시를 탔다. 세명대학교 부근의 좀 외따로 있는, 정원이 예쁘고
창문이 넓은 서구식 건물이 솔비알이다. 비탈진 솔밭이라는 뜻의 상호가 식당의
위치나 외관과 잘 어울린다. 문을 열고 들어가니 깔끔한 인테리어를 배경으로
중년의 사장님이 반겨준다. 부부가 운영하는 듯, 남자분은 요리를, 여자분은
서빙을 하는데, 햇살이 좋은 창가 자리 소파에 앉아 사슴 떡갈비를 주문하니
작년부터 하지 않는 메뉴라고 한다. 대광식당도 그렇고, 찾아온 이유가 없어져
허탈하다. 하지만 원육의 수급이 원활하지 않아 보여 이해가 되었고, 대신
함박스테이크와 생선까스가 함께 나오는 메뉴로 주문했다.

하얀 용기에 담긴 따끈한 곡물 수프가 나온다. 이어서 작은 바구니에 식전 빵이
나온다. 마늘 바게트를 데운 것. 직접 만들지 않는 곳에서 흔히 보이는 방식이다.
반찬으로 단무지와 피클, 깍두기. 하얀 도기에 서너 가지 채소와 드레싱을
담은 샐러드도 테이블에 놓였다. 바게트에 샐러드를 올려 먹으며 주 음식을
기다린다. 하얀 접시에 광활한 밥이 나온다. 빵도 주는데 밥도 주다니.

드디어 메인 디시가 테이블에 올랐다. 음식의 여백에 소스로 줄무늬를 그려
놓았다. 고급 서구식 정찬을 즐기는 사람들에게는 이게 꽤 요란스러워 보일 수
있겠지만, 내게는 꽤 재미있다. 경양식집마다 접시 위를 꾸미는 방식, 색 조합이
다양하다. 누구한테 딱히 배우지 않은, 아웃사이더 아트, 아니, 아웃사이더
플레이팅이랄까. 의외의 것을 종종 본다. 생선까스는 타르타르소스와 레몬
2조각이 올려 있어 레몬을 즙 내어 뿌렸다. 생선까스에 레몬은 필수.

함박스테이크는 데미그라스소스에 잠겨 있고, 채 썬 당근과 파인애플도 있는데,
독특한 것은 단호박 한 조각이 올라 재미있게 보인다. 그리고 한켠에 브로콜리와
강낭콩, 딸기, 마카로니 샐러드까지 있어 매우 다채롭다. 먼저 나이프로
생선까스를 잘라 보았고, 바삭함이 손끝에 느껴져 안심이 된다. 잘 튀긴 생선과
고소한 소스, 그리고 느끼함을 잡는 레몬이 잘 어울리는 맛이다. 레몬은 그뿐

아니라 입맛을 끌어올린다. 다음은 마카로니 샐러드 차례, 튀김이나 고기를
맛보는 중간에 부드러운 마카로니가 치아를 잠시 쉬게 해주는 느낌. 경양식을
먹을 때 마카로니 샐러드를 찾게 되는 이유이다. 특별한 어떤 맛 때문은 아니다.

함박스테이크를 잘라 한입 맛보았다. 수분(육즙)이 약간 부족하지만, 야채와
고기를 잘게 다져 혼합해 입안에서 부드럽다. 대부분의 함박스테이크는 양파와
마늘을 다져 넣은 정도인데, 솔비알은 당근도 잘게 썰어 넣었다. 식감이 느껴지는
정도. 옛날에는 당근을 넣는 집이 많았는데, 요즘에는 잘 없다. 아주 많은
음식이 부드러운 건 마냥 더욱 부드럽게, 매운 건 더 맵게, 단 건 더 달게 계속
그렇게 변해간다. 포크로 꾹꾹 눌러 접시 밥을 조금 먹고, 반찬으로 깍두기를
먹는데, 매우 맛있어 놀랐다. 경양식집 깍두기라고 대충 내도, 무시해도 안 된다.
단호박은 좋아하는 것이라 한입에 넣어 한참 동안 음미했고, 샐러드로 입안을
정리했다. 이렇게 생선까스와 함박을 번갈아 맛보면서 창밖의 정원을 바라보니
지금 사는 아파트에서 이렇게 정원이 예쁜 집으로 이사 가고 싶다.

식사가 끝나갈 무렵 사장님이 다가와 디저트는 무엇으로 할지 물어
아이스크림으로 부탁드렸고, 잠시 후 예쁜 유리 용기에 3가지 맛 아이스크림을
알록달록 작은 캔디로 장식해 내왔다. 아무런 계획 없이 우연히 먹은 생선까스와
함박스테이크가 입맛에 잘 맞아 즐겁게 식사를 마쳤다. 솔비알, 이렇게 또 나만의
맛집 추가. 소화시키려고 시내까지 걷는데, 한참을 걸어도 계속 시외다.♪

부산 부전동

가미
레스토랑

핸드 드립 커피

돈까스

부산에서 피아노 조율 의뢰 전화가 왔다. 몇 해 전 출간했던 「중국집」을
읽었다며 인천에서 부산까지 출장을 올 수 있는지 조심스럽게 물었고, 장거리
일정이라 스케줄을 정리해 며칠 후 전화 드리기로 하고, 간단히 통화를 마쳤다.
충청도나 경상도 지역에 예정된 스케줄이 없던지라 조율만 하고 돌아올 수
없어 부산 쪽 식당들의 정보가 적힌 수첩을 들여다보며 며칠을 보냈는데,
마침 커피를 좋아하는 후배가 부산에 핸드 드립 커피 장인이 작은 레스토랑을
운영하고 계신다기에 바로 고객과 약속하고 출발했다. 아침 식사는 상주에서
하기로 하고, 고속도로를 달렸다.

상주역에서 멀지 않은 곳에 있는 남천식당, 1936년 개업한 시래기
해장국집이다. 구수한 시래기 해장국에 밥을 말아 날계란 하나 얹은 국밥
한 그릇이 2,500원. 옆으로 나란히 앉는 테이블에 예닐곱 명 정도 앉을 수 있는
작은 식당에서 든든하게 식사를 마치고, 다시 차를 몰아 가던 중 김천에 잠시
들렀다. 장성반점이라는 화교 식당에서 우동 한 그릇으로 점심을 먹으려고
했는데, 알루미늄 셔터가 내려가 있고, 몇 년 전부터 벌써 3번째 들렀으나
늘 영업을 하지 않았다. 곰곰이 생각하다 용암사거리 부근에 중국 만둣집이
새로 생겼다는 사실이 떠올라 서둘러 찾아가 군만두 한 접시 부탁드려
맛보았는데, 그곳에서 장성반점 소식을 들었다. 사장님 건강이 호전되는
듯하다가 다시 좋지 않아 영업을 쉬고 있다고. 화교분들 중에는 자손이 가게를
물려받아 운영하는 곳이 많지만, 그렇지 못한 경우 어쩔 수 없이 폐업하게
되는데, 매우 안타까운 일이다. 노포는 사라지면 다시는 돌아오지 않으니까.

부산 사직동의 고객과 약속을 대략 5시경으로 해놓았고, 그 전에 맛보고 싶은
핸드 드립 커피와 돈까스를 먹으러 부전동에 도착했다. 하루에 너무 많이
먹는 거 아니냐는 얘기도 종종 듣는데, 날을 잡아 식도락을 떠나다 보니
한 집에서 음식을 평소보다 조금씩만 먹는다. 음식 남기는 게 싫으니 미리

양을 적게 달라고 말씀드리고는 한다. 배가 너무 부르면 입안은 둔해진다.
여러 가지 정성스러운 음식을 맛보고, 경험하고, 즐기려면 양은 조금씩 적게.

부전시장 옆 골목 지하에 자리한 가미. 흰색 바탕에 반듯한 검은색 글씨의
간판을 확인하고 들어가니, 모자를 쓰고, 희끗희끗한 수염이 멋진 사장님이
맞이해준다. 돈까스와 식사 후 드립 커피 좀 내어주십사 말씀드리니 브레이크
타임이라 식사는 되지 않으니 커피만 주신다고. 인천에서 일부러 식사하러
왔다고 간곡히 부탁드리니 주방으로 들어가신다. 자리에 앉아 둘러보니
테이블 대여섯 개의 아담한 식당, 스테인리스 컵에 물과 단무지 깍두기를
놓아두고, 다시 주방으로 들어가신 사장님.

작은 접시에 채 썬 양배추와 오이, 당근이 들어간 샐러드와 크림 수프가
등장하고, 하얀색 접시에 커다란 돈까스 한 덩이와 푹 익힌 당근, 푸실리가
놓여 있는데, 간결하지만, 알차다. 5천 원에 경양식 코스를 맛본다는 건
욕심 없는 사장님의 심성을 엿볼 수 있는 듯, 게다가 접시 밥까지 넉넉히
나온다. 밥도 잘 지었다.

돈까스를 한 조각 잘라 먹어보니, 적당히 두툼하고, 잘 튀겼다. 물기가 적은 깊은 소스 맛과 잘 어울린다. 혼자 제대로 식사를 한다는 건 메뉴를 오직 내 욕구만 떠올리며 고를 수 있는 특권과 눈앞에 놓인 음식만을 집중해서 즐길 수 있다는 뜻이다. 그리고 간혹 그 맛있는 음식을 만든 요리사와 이야기를 나눌 기회도 생기니, 내가 '혼밥'을 즐기는 이유이기도 하다.

서울말 쓰는 낯선 이가 휴게 시간에 찾아와 밥 내놓으라고 하니 사장님이 음식이 입에 맞느냐 물으시며 우리의 이야기는 시작되었다. 젊은 시절 호텔 양식당 주방장으로 근무했던 이야기며 외국인 바리스타에게 커피를 배운 이야기, 부산 지역 요리사 모임 회장을 역임하셨다는 등 많은 이야기와 함께 사업 실패와 24년 전 가미를 시작하게 된 가슴 아픈 이야기까지, 우리나라 최고의 핸드 드립 커피 장인의 인생 이야기를 들으며 맛보는 돈까스는 매우 바삭하다. 호텔 셰프로 근무하실 때 사진이 있는 앨범을 가져와 보여주시며 이야기는 계속되었다. 한 분야 최고의 자리에 오르셨지만, 성공과 실패를 모두 경험하며 살아온 날들 뒤, 이제는 좋아하는 커피와 음식을 만들고 즐기며 행복해하는 모습에서 많은 것을 배운다.

이야기가 어느 정도 끝나갈 무렵 가미를 찾았던 가장 큰 이유, 핸드 드립 커피를 부탁드렸다. 얼음이 든 것과 그렇지 않은 컵 위에 깔때기 모양 기물을 올리고, 독특한 동작으로 물을 부어 냉커피와 따끈한 커피를 각각 만들어주셨다. 차가운

커피와 뜨거운 커피 중 어느 쪽의 향이 더 좋은지 물었고, 나는 평소 즐기는 대로 따끈한 쪽이라 대답했지만, 열기 때문에 따끈한 쪽의 향이 훨씬 빨리 사라진다는 전문가의 이야기. 잘 생각해보면 당연한 이치를 우리는 습관대로 그렇게 믿고 살아가는 일이 많음을 새삼 느꼈다. 소문대로 끝내주는 커피 2잔을 다 마신 뒤 가미를 나와 사직동 쌍용예가로 향한다. 사장님, 계속 행복하시길.♪

돈까스

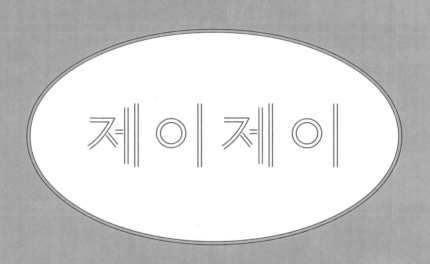

제이제이

전라북도 군산

10월의 군산은

하늘이 높다.

카페 올드 브릭에서 아날로그 음악에 취하며
커피를 마신 후

나운동으로 향한다.

은파 호수 공원에 도착.

바람도 살랑살랑. 가을 햇살이 좋다.

호수 중간에 다리가 있어 절반만 돌아도 꽤 멀어 보이지만,

오늘은 가을 볕도 좋으니

아, 또 뛰네! 거기 안 서?

물을 보며 천천히 걷기로 한다.

뛰지 말랬지?

잡았다!

잡았지, 내가.

그러다 다치면 어쩌려고~

남들과 다른 아들의 건강을 위해 헌신하는 어머니의 마음을 보며 대부분의 부모 마음이 다르지 않음을 느낀다.

10년 째 저렇게 매일 둘이 걷는다니까.

저 엄마가 고생이 많겠어.

몸이 조금 불편해 보이는 남자아이와 어머니.

한 시간쯤 걷고 나니,

- 하

밀려오는 허기는 이곳에 온 이유를 명확히
떠올리게 해준다.

꼬르륵

이제 출발했던 곳이 건너편으로 보인다.

내가 군산을 찾았던 이유는…

호수공원에서 차로 5분쯤 되는 거리의 대로변 2층에 경양식집을 확인하고, 아파트 담장 옆에 차를 세웠다. 계단을 올라 문을 열고 들어서는데, 식사 시간이 아닌 오후에 많은 손님이 있어 놀랐다. 파스텔톤의 안정적인 인테리어와 간결한 좌석들 사이, 창가 쪽 넓은 테이블에 앉았다. 주인으로 보이는 단정한 분이 코팅된 차림표를 건네주고 간다. 90년대 어딘가로 순간 이동한 건가. 특이하게 생선까스와 함박스테이크는 보이지 않았고, 돈까스와 오므라이스 등 메뉴 가격이 8,900원, 9,900원 이런 식이다. 한 때는 10,000원과 9,900원이 심리적 차이가 있기에 종종 이런 식으로 가격을 책정하고는 했지만, 요즘 100원의 가치가 크지 않기에 무의미한 듯싶다.

90년대가 떠오르는 파스텔톤.

함박스테이크 또는 생선까스 시제품을 받아 사용하는 곳이 종종 있는데, 제이제이는 오직 수제 돈까스만 고집하는가 보다. 차림표를 내려놓으니 물병과 컵을 가지고 오신 사장님. 점잖은 어조로 내게 응대했고, 나는 돈까스를 주문하며 후식으로 나오는 음료를 미리 달라고 부탁드렸다. 혼자 경양식집에 가면, 식사 후 이야기를 나눌 친구도 없기에 음료는 미리 받아 음식과 함께 조금씩 마신다. 김치와 함께 나오는 단무지는 중국집 단무지처럼 동그란 모양이 아니고, 김밥에 넣는 식으로 네모난 모양인데, 경양식집마다 네모 단무지를 쓰는 정확한 이유를 모르겠다. 물어볼까. 따끈한 크림 수프와 포크, 나이프, 스푼이 함께 나와 후춧가루를 뿌리고 조금씩 맛보며 기다린다. 접시도 조명처럼 파스텔 톤이다. 사장님이 오렌지 주스를 한 잔 내주며 디저트라고 하신다.

노랗고 커다란 접시에 김이 모락모락 나는 돈까스 한 덩어리와 밥, 강낭콩,
감자튀김. 양배추 샐러드와 오이 피클, 복숭아 통조림 한 조각과 체리 한 개.
매우 다채로운 구성이다. 가지런히 테이블을 정리하고 카메라에 사진으로
담았다. 나중에 이 사진을 보면 이것저것 생각나겠지.

나이프를 돈까스에 넣으니 바삭거리는 소리가 먹음직스럽다. 나는 돼지고기
등심을 두드려 넓게 편 후 달걀과 빵가루를 입혀 튀긴 한국식 돈까스를
두툼한 고기로 만드는 일본식 돈까스보다 더 좋아한다. 고기의 비중이 높은
일식 돈까스를 먹을 바에는 그냥 고기를 먹는 게 낫다고 생각할 때도 있다.
일식 돈까스는 바삭함이 좋고, 육즙을 잘 가둘 줄 아는 집도 드물게 있지만,
적당히 두드린 부드러움과 바삭함이 어우러지는 우리 돈까스가 더 균형 있는
음식이라 생각한다.

문득 접시를 보니 영양소가 골고루 담겨 있는 게 아닌가? 강낭콩을 맛보며
단백질과 지방, 탄수화물, 비타민, 식이섬유까지 한 접시에 놓여 있으니
이 한 접시가 곧 한상차림인 셈. 서로서로 부족한 부분을 채워주며 공존하는
모습이다. 나도 남들에게 조금이나마 필요한 삶을 살고 있을까. '혼자만
잘 살믄 무슨 재민겨'. 새콤한 피클을 맛본 후 동그란 감자튀김을 먹는다.
찰기 있는 밥이 오늘은 빵보다 더 좋고, 넉넉한 돈까스 한 접시를 모두
비우고 나니 몸도 마음도 든든하다. 계산하면서 사장님과 몇 마디 이야기를
주고받고 인천으로 돌아가기 전, 경암동 쪽으로 차를 몰았다. 아내가 좋아하는
호떡을 사가야 하니 수십 년째 영업 중이라는 중동호떡에 도착했는데, 예전에
왔을 때와 다르게 맞은편 신축 건물로 이전했다. 2박스 포장해 트렁크에 넣고,
한 개는 따로 맛보았다. 아내가 호떡을 보고 좋아할 걸 생각하니 집으로
가는 길이 그리 멀지만은 않다.♪

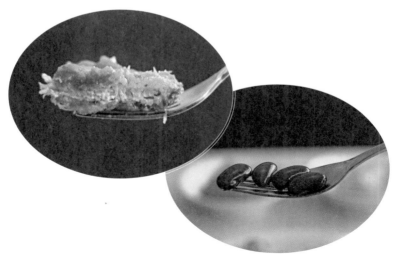

경상북도 영주

아테네

함박스테이크

아내의 외할머니는 올해로 96살이시다. 봉화 물야면에 큰며느리와 함께
사신다. 많은 연세에 몸은 쇠약해도 기억력이 대단하시다. 나는 아내와 1년에
두어 차례 할머니를 찾아뵙고는 한다. 장맛비가 한 차례 내린 후 잠잠해진
틈을 타 인천에 거주하는 처가댁 식구들과 함께 영주로 향하는데, 처외삼촌이
영주 요양병원에 입원 중이시라 문병도 할 겸 할머니의 병원 검진을
도와드리러 가는 길이다. 영주와 봉화는 서로 가까운 곳이다. 3시간쯤 운전해
풍기에 도착, 아침을 먹자는 장모님 손에 이끌려 도착한 곳은 청국장집, 그런데
평소에 가보고 싶던 식당이라 깜짝 놀랐다. 누구나 자기만의 맛집 리스트가
있고, 그게 가끔 중복되기도 한다. 우리는 4명이지만, 양해를 구하고 정식
3인분으로 주문했다. 한정식처럼 다양한 반찬이 등장, 유명한 부석콩으로 만든
청국장이라 담백하고 구수한 맛이 일품이었다. 청국장도 삭혀서 냄새가
진하며 깊은 것도 있고, 옅고 콩 맛이 더 나는 것도 있다.

풍기에서 차로 20분쯤 거리의 병원에서 외삼촌을 뵙고, 물야면으로 향하는
길이 매우 싱그럽다. 소수서원을 지나 부석사 입구에 다다르면 곧 영주와
봉화의 경계가 되고, 이 길을 수없이 다녔지만, 늘 차창을 내리고 신선한
공기를 마신다. 조금만 더 가면 바로 할머니 댁 압동리이다.

마당이 넓은 주택에 도착하니 할머니와 처외숙모가 반갑게 맞아주신다.
우리는 부석마트에서 사 온 과일을 먹으며 서로의 안부를 물으며 잠시
이야기를 나누었고, 할머니를 모시고 봉화읍의 종합병원에서 몇 가지 검사를
마쳤으며 점심시간이 되어 고심하다 어른들이 좋아하실 만한 식당으로 모시고
갔다. 송이가 유명한 곳이라 송이 음식을 내는 용두식당, 송이 돌솥밥과 표고
돌솥밥을 나누어 식구 수 만큼 주문했는데, 그 향이 무척 마음에 들었지만,
한 편으로는 영주의 궁금한 노포 경양식집에 들르고 싶다는 생각에 밥을
아내에게 절반 덜어주고, 건성으로 식사를 마쳤다.

압동리 가는 길은 사과밭이 곳곳에 있고, 왕복 2차선의 풍경이 좋은 산길인데, 할머니는 그곳에서 70년 넘게 사셨으니 맑은 공기와 유기농 채소 덕분에 장수하시는 듯하다. 장수 때문은 아니지만, 나도 은퇴하면 복잡한 도시를 떠나 영주나 제천에서 살고 싶다고 생각한다. 외갓집에 도착해 잠시 쉬다가, 영주에 가려고 나섰고, 아테네가 거기 있다.

대박시장 주차장에 차를 세우고, 조금 걸어 도착한 아테네. 주택가 상가 2층에 있는데, 매우 넓다는 것을 밖에서 보아도 알 수 있다. 하지만, 작은 간판 하나만 계단 입구에 붙어 있어 무심코 지나면 찾기 어려울 수도 있겠다. 점심시간이 지난 오후에 손님들로 가득했으며 이후 한 팀이 더 들어오고 자리는 만석, 대기까지 하는 사태가 벌어졌다. 평일 오후 한가롭게 식사를 할 요량이었으나 왠지 서둘러 먹고 나가야 할 것 같다. 칸막이로 내부가 나뉘어 있고, 조명이 어둡다. 오래된 경양식집에는 이런 구조가 참 많은데, SNS도 인터넷도 없던 시절에는 사람들이 타인에게 지금보다 열리지 않았던 걸까. 건축가나 사회학자가 이런 것을 얘기해주면 좋으련만.

온더록스 잔에 물을 들고 온 직원에게 함박스테이크를 주문했다. 테이블 한켠에는 소스 병과 냅킨, 호출 벨이 있다. 수프를 먹는다. 이어 김치와 치킨집에서 흔히 볼 수 있는 양배추 샐러드가 등장했고, 하얀 접시에 넓게 편 밥이 나왔다. 15분쯤 기다렸을까. 드디어 아테네의 함박스테이크가 나왔는데, 커다란 접시에 삶은 당근과 단무지 몇 개, 콘 샐러드와 마카로니 샐러드, 그리고 스테이크 위로 김이 모락모락 나는 소스에는 피망과 양파, 양송이버섯이 제법 커다란 모양으로 올라 있다.

칸막이 너머 옆 테이블에는 여자분 셋이 식사 중인데, 빵을 들고 그 테이블로 가던 직원이 어두운 조명 탓에 발을 헛디뎌 넘어질 뻔하며 모닝 빵을 바닥에 모두 쏟았다. 저기는 빵을 주면서 나에게는 묻지 않고 밥을 주었구나, 생각했는데 잠시 후 내 테이블로 오더니 따끈한 모닝 빵 한 개를 주는 게 아닌가? 순간 머릿속 스치듯 생각나는 게 좀 전에 쏟았던 빵이 다시 나에게 온 건가, 싶었고, 빵은 일단 먹지 않고 남겨 두기로 했다.

돼지고기와 소고기를 적당히 혼합해 치댄 것으로 보이는 함박을 나이프로 썰어 한 조각 맛보니 소스에서 느껴지는 적당한 산미와 달콤함이 과일에서 나온 것임을 알 수 있다. 맛있네. 혼자 왔고, 이야기 나눌 사람도 없으니 후식으로 나오는 탄산음료를 미리 달라고 하여 식사를 하며 마셨다. 밥은 좀 질었지만, 빵까지 내줄 정도로 인심이 후하니 크게 문제 되지 않는다. 식사를 마칠 무렵 재밌는 생각이 나 모닝빵을 나이프로 가르고 남아 있던 함박과 양배추 샐러드를 빵 속에 넣어 결국 문제의 빵을 깜빡 잊고 먹어버렸다.

문제의 모닝 빵.

중국집도 그렇지만, 경양식집도 어릴 적 외식 장소로 흔히 찾았다는 사실을 다양한 먹거리를 누리고 사는 요즘 젊은이들은 잘 모를 것이다. 지금도 저렴한 가격에 수프와 요리, 샐러드, 밥, 빵 그리고 디저트까지 맛볼 수 있는데 말이지. 가끔 딸들과 경양식집에 가면 꼭 하는 말이 "대접받는 것 같아"이니, 경양식집은 언젠가 다양한 형태로 부활하리라.♪

안심 스테이크

웨스틴
스테이크

인천 부평동

중국에서 시작된 코로나 19 바이러스가 세계적으로 유행하기 시작해 감염을
예방해주는 마스크가 품귀 현상이 일어난 3월 초, 여자 후배 P가 점심을 먹자고
연락이 왔다. 그렇게 토요일 점심시간에 부평시장 어느 커피숍에서 만났고,
서로 하얀 마스크로 코와 입을 가리고 인사를 나누었다. 2년 만에 만난 P와 함께
인근 경양식집으로 향했는데, 20년 전부터 중년의 부부가 운영하는 곳이다.
2층의 식당으로 올라 문을 열고 들어간다. 실내는 우드 톤의 가구들과 붉은색
테이블 커버가 탁자마다 덮여 있다. 창가 구석 자리에 앉아 소 안심 스테이크
2개를 미디엄으로 주문했는데, 항상 의견을 묻지 않고 음식을 주문해버리는
나를 P가 장난기 있는 어조로 나무랐지만, 외식을 자주 하는 내가 알아서
주문해주니 늘 만족스럽게 음식을 맛본다며 금세 분위기를 바꾼다.

우리나라 전통 음식이 아닌 중국집이나 경양식집 등의 식당을 보면 부부가
운영하는 곳이 많다. 직원은 어려우면 떠나거나 내보내지만, 부부는 동료로도
끝내 함께 남는다. 수프가 가장 먼저 나왔으며 발사믹소스를 뿌린 샐러드를

한 접시씩 받았다. 차림표를 보니 돈까스와 생선까스는 없고, 소고기와 삼겹살, 치킨을 스테이크 형태로 내어준다. 우리나라 경양식집들이 대부분 일본의 영향을 받았지만, 이곳은 미국 스타일이 진하다.

부평에도 예전에 미군기지가 있었고, 동두천이나 송탄처럼 미군이 주둔하는 곳은 이렇게 한국식 경양식집과 다르게 미국 스타일 음식을 내는 식당이 여전히 많다. 소주와 맥주를 각각 한 병씩 주문했으며 맛있는 음식, 특히 고기를 먹을 때는 늘 소주를 곁들여 먹는 습관이 있다. 소주는 누군가에게는 고통을 주기도 하지만, 누군가에는 위로가 되기도 하고, 지친 하루를 마무리할 때 피로해소제로 쓰이기도 한다. 그래서 우리나라가 알코올 의존도가 높은 걸까? 모르겠다. 다만 소주를 좋아하는 사람의 단순한 생각일 뿐. 서빙을 하는 사장님이 커다란 마늘 빵 2개를 내어주며 서비스라고 한다. 고기만 먹으면 물리는데 이렇게 탄수화물을 곁들이면 덜 하고, 속도 더 든든하다. 뜨겁게 달군 철판에 안심 스테이크와 옥수수를 올리고, 오븐에 구운 감자, 구운 버섯, 방울토마토, 초록색 브로콜리 그리고 아이스크림 스쿠프로 떠 놓은 밥까지, 간결하지만 구성이 완벽한 모습이다. 특히 5가지 색깔로 이루어진 가니시가 음식의 완성도를 높인다. 소주잔과 맥주잔을 부딪치며 건배.

나이프로 고기를 잘라 맛보니 잘 숙성된 안심을 적당히 잘 구워 부드럽고 담백하다. 겉은 바삭하고, 안에는 육즙이 갇혀 있다. 또, 양송이버섯과 어우러진 소스 맛이 스테이크를 더욱 맛있게 도와주는 느낌이랄까? 어떤 소스는 스테이크를 누르고 튀어나오는데, 이 집은 그렇지 않고 조화된다. 남아 있는 빵은 스테이크소스를 발라 소주와 함께 먹었다. 감자에 십자로 칼집을 내고 그 위에 옥수수를 올려 오븐에 구운 것도 별거 아닌 듯하지만, 음식의 영양소를 배려한 듯 각자의 역할을 충분히 한다. 샐러드와 밥도 한 번씩 맛보고, 고기의 양이 적지 않아 소주를 한 병 추가했다.

식사를 마치고 나왔는데 여전히 밝은 대낮, 내가 10년 전부터 가끔 들르는
큰마당 빈대떡으로 갔지만, 아직 문을 열지 않았다. 그래서 맞은편 전집에서
모둠전과 막걸리, 소주로 2차를. 좋은 사람과 함께하면 음식이 더 맛있는 것
같아서 과식하고는 한다.♪

세종 조치원

몽마르뜨

비프까스

어릴 적 우리 집에 친척이나 손님이 신문지에 둘둘 만 소고기를 사 오시는 걸
종종 보았다. 그분이 설사 빚쟁이여도 손에 든 소고기 신문지 뭉치 때문에 일단
반가웠다. 요즘처럼 수입 고기가 없을 때이고, 그만큼 비싸 최고의 선물이었다.
경양식집의 대명사인 돈까스는 언젠가부터 분식집이나 집에서도 흔히 먹을
수 있게 되었고, 소고기를 쓰는 다양한 음식도 흔해졌지만, 특별한 날에만
맛보았던 비프까스는 어디로 갔는지 요즘 흔히 볼 수 없는 음식이 되었다.
무더위가 절정에 이른 8월, 나는 운전대를 잡고 조치원으로 향한다. 그곳에는
맛있는 비프까스가 기다리고 있다.

이 레스토랑은 K 씨가 알려줬는데, 그는 충북 영동이 원래 집이지만, 직장이
있는 조치원에 살고 있다. 믿을 만한 지역 거주민이 추천했으니 기대가 크다.
이런저런 '맛집' 정보는 인터넷에도 TV에도 널려 있고, 나도 그런 것에 도움을
받기도 하지만, 확률상 해당 지역 사람이 직접 이야기해준 집들이 뛰어나고,
잘 알려지지도 않은 보물일 때가 잦다. 단, '믿을 만한' 사람인지가 중요하다.
2시간쯤 달려 도착한 조치원 재래시장 공영 주차장에 차를 세운다.

조치원역에서 멀지 않은 곳이고, 시장을 가로질러 가면서 구경하는 재미가
있다. 복숭아의 고장답게 좌판에는 여러 가지 복숭아가 탐스럽게 진열되어
있다. 크고 작고 붉고 희고, 저것들의 맛은 서로 어떻게 다를까. 처음 보는
복숭아도 많네. 과일은 한 알 한 알 개별적으로 존재하고, 대체로 둥그레서
옹기종기 모여 있는 걸 보면 어쩐지 귀엽고, 마음이 편하다. 횡단보도를
건너려고 하는데, 지도에는 나오는 몽마르뜨가 보이지 않는다. 불안한 마음으로
길을 건너가 보니 옥외 간판은 없으며 병원과 약국이 있는 건물 지하로 내려가는
입구에 붉은 네온 상호가 보여 안심이 되었다. 마침 점심시간이어서 K 씨한테
연락해볼까 하다가 회사에 있을 그가 불편할까 봐 그냥 혼자 들어간다.♪

오, 여기다!

대부분의 테이블이 파티션으로 막혀 있어 혼자라도 어색하지 않겠다.

이 쪽으로 안내해 드릴게요.

네.

아, 죄송합니다. 물티슈 드릴게요.

아, 네.

앗!

슥

MENU

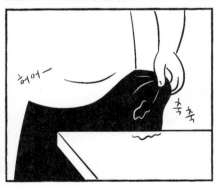

허어—

쑥 쑥

돈까스와 비프까스의 가격 차이가 고작 몇천 원인데, 손님들 테이블마다 돈까스가 놓여 있다.

MENU

함박스테이크 ₩10,000
몽마르뜨 비프까스 ₩14000
비프까스 ₩12,000
몽마르뜨돈까스 ₩10,000
치즈돈까스 ₩10,000
돈까스 ₩8,000

MENU

밀크쉐이크 ₩4000
모카스테이크 ₩4000
아이스크림 ₩4
콜라·사이다
우유
녹차
아이스

어릴 적엔 비프까스가 비싸서 동생도 시키면 어쩌지 눈치 봤었는데, 지금 난 어른.

아, 비프까스 시키고 싶은데...

비프까스 주세요.

MENU

배추김치

길게 썬 단무지

여긴 깍두기가 아니군.

엇, 업라이트 피아노가 있네?

식사는 빵이냐, 밥이냐를 묻지 않고 접시 밥으로 제공되었다.

예전에는 레스토랑에서 가끔 피아노 연주를 해주곤 했는데, 그때는 정말 배경 음악처럼만 들렸다.

맛있어! 냠~

예전처럼 빵을 직접 만들어 제공하지 않는다면 접시 밥이 더 좋겠지.

수프는 기성품...

비프까스 나왔습니다.

ㅡ오!

산미가 도드라지는 소스라 밥을 곁들이면 어울리고.

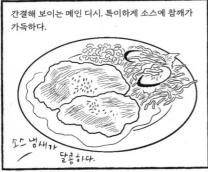

간결해 보이는 메인 디시. 특이하게 소스에 참깨가 가득하다.

소스 냄새가 달콤하다.

샐러드로 한 번씩 입 속의 분위기를 바꿔준다.

아삭

아삭

고기가 얇아 적정만큼 질기지 않다.

함박 스테이크 하나 있습니다.

스테이크집에서 스테이크는 대략 3~4만 원 정도.

중량은 다르겠지만 똑같은 소고기인 비프까스는 만 원 정도면 맛볼 수 있으니 참 재미있는 현상이다.

음, 아이스크림 있나요?

네, 그럼 아이스크림으로 준비해 드릴게요.

하, 잘 먹었다.

평소대로라면 커피 한 잔 마시고 일어날 텐데,

잘 먹었습니다~

네, 안녕히 가세요~

8월의 폭염이니.

후식은 어떤 걸로 하시겠어요?

오! 역시 좋은 선택이었어.

0ₒₒ

안 지워지는군.

우물 우물

슥슥

어제 추천해주신 몽마르뜨 간 김에 연락 한 번 드려볼까 했는데 불편하실까 봐…

어머! 저 어제 거기 갔었어요.

잘 먹었습니다.

아, 그랬군요.

거기서 직원들이랑 점심 식사 했었는데! 연락주시지.

다음 날, K 씨한테 연락을 했는데…

잘 지내셨어요?

마주칠 뻔했네요, 하하.

아쉽네요~

충청북도 음성

새나드리

고구마 김치 돈까스

딸들이 어릴 적 여름 휴가는 만리포해수욕장과 양평의 리조트에 번갈아 가며
다녔다. 물을 좋아하는 아이들과 놀아줄 수 있었고, 준비해간 음식들을
해 먹으며 며칠 쉬고 나면 백화점에서 고객들을 응대하며 쌓인 피로를 풀 수
있었다. 하지만, 딸들이 수험생이 되면서는 통 휴가를 못 갔다. 건강하게 자란
큰아이가 고등학교 3년간 수험생 생활을 마치고 나니 둘째가 다시 고등학교에
진학해 수험생의 길을 걷고 있다. 아이들 학교 수업과 학원 일정으로 여름
휴가는 언감생심 포기한 지 오래. 화씨 89도의 무더위에 무기력해질 때 잠시
휴직 중이던 후배 조율사 C가 막국수 먹으러 강원도 당일치기 여행을 가자고
한다. 여름 휴가도 못 가는데 그렇게라도 일상생활에서 벗어나고 싶었다.

막국수를 포함해 면 음식을 매우 좋아하는 편이지만, 어린 시절 부모님과의
외식은 늘 정해져 있었다. 나와 같은 중년의 서울 사람이라면 누구나
공감하겠지만, 지금과 다르게 오래전 외식 문화는 중국집과 경양식집,
갈빗집이 전부였다. 요즘 흥미를 느끼는 식당이 오래된 경양식이니 막국수는
다음으로 미루자고 C에게 말하고, 독특한 돈까스를 먹으러 음성으로 운전대를
잡았다. 자동차의 배기구에서 나오는 열기와 한여름 강한 햇빛은 고속도로에
아지랑이를 만들었고, 그것은 마치 먹물 파스타를 연상케 했으며 차창 밖의
푸르름은 늘 조연으로 등장하는 샐러드 같았다.

배가 고픈가 보다. 그렇게 2시간이 지나 금왕읍 무극리에 도착, 작은 도시
속 천변의 오래된 레스토랑 앞에 섰다. 빨간 간판에 '나드리 레스토랑'이라
쓰여 있는데, 자세히 보니 작은 글씨로 '새'자가 맨 앞에 붙어 있다. 이런 경우
'나드리'와 구분하기 위함인데, 어떤 사연이 있는지 궁금하다. 2층으로 올라가
출입문을 열고 들어가니 꽤 많은 테이블과 소파가 있다. 우리는 창가 자리에
앉았다. 한국말을 쓰는 외국인 점원이 음식 사진과 가격이 적힌 차림표를
가지고 왔고, 나는 궁금했던 고구마 김치 돈까스로 주문했다.

가장 먼저 테이블에 오른 건 단무지와 깍두기. 발효시킨 무는 입맛을 돋우고 소화를 돕는 한국인의 가장 기본 반찬. 양배추 샐러드도 하나씩 나왔는데, 경양식집마다 볼 수 있는 샐러드다. 수프는 특별함이 없어 맛만 보고 밀어두었고, 마침 커다란 하얀 접시에 돈까스가 나왔다. 한켠에 볶음김치를 넉넉히 놓았고, 들기름 향이 무척 고소하다. 그리고 약간의 절인 오이와 마카로니 샐러드, 베이크드 빈이 함께 놓여 있다. 빵은 나오지 않고, 접시 밥이 제공된다.

돈까스에 볶음김치. 참 한국스럽다. 돈까스의 한식화가 오래전부터 계속되어 오지만, 조합이 정말 수천, 수만 가지다. 이것은 어떨까. 두툼한 돈까스 위로 브라운소스가 올려 있고, 곁들인 볶은 김치는 낯설어 보이지만, 느끼할 수 있는 돈까스와 함께 먹어도 좋고, 쓰임새가 여러모로 있는 듯하다. 나이프와 포크를 들고 돈까스를 잘라보니 안쪽에서 흘러나오는 고구마 무스. 볶은 김치의 비주얼이 너무 강렬해 고구마 돈까스라는 걸 잠시 잊고 있었네. 평소와 같이 한입 크기로 조금씩 잘라가며 맛보았다. 중간에 한 번씩 먹는 김치는 돈까스와 무척이나 잘 어울렸는데, 상당히 맵다. 아, 약간 달고 부드러운 고구마 무스, 기름에 튀긴 고기에 매운 김치를 함께 먹으니 조화로워 입맛이 당긴다.

매울 때마다 샐러드로 입속을 진정시켰다.

무엇보다 김치의 역할을 실감할 수 있는 부분은

밥과 함께 먹을 때인데, 밥 위에 볶은 김치를 올려 먹으니 간도 잘 맞고 무척이나 맛있다. 결국 메인 음식으로 나온 고구마 돈까스는 반찬으로 여기고, 그렇게 밥과 김치를 함께 먹으며 식사를 마쳤다. 다 먹고 나니 코끝에 들기름 향이 남는다.

혼자 다닐 때와는 달리 이번에는 C와 함께 왔으니 여유롭게 식사를 마치고
커피를 부탁드렸다. 예쁜 꽃무늬 잔 받침에 종이컵이 올려 나왔고, 막대 모양의
작은 종이봉투에 든 설탕과 스푼이 함께 놓여 있다. 종이컵만 주기에는 좀
그러셨나 보다. 향이 좋은 원두커피를 마시며 잠시 이야기를 나누었고, 독특한
돈까스를 경험한 이야기가 주된 내용.

돈까스는 이제 다양한 형태로 진화했고, 짜장면처럼 한국 음식으로 이미
자리매김했다. 간혹 이렇게 색다르고 맛있는 경양식을 만나면 재밌어서 또 다른
조합은 뭐가 있지? 하고 생각하게 된다.♪

함박스테이크

돈까스

포크 촙 스테이크

세모
레스토랑

강원도 삼척

겨울방학을 며칠 앞두고 있던 둘째 아이가 여행을 가자고 한다. 요즘 같은
반 친구들 중 대여섯 정도가 현장 체험학습이라는 명목으로 학교에 나오지
않는다고 한다. 어차피 수업도 모두 마쳤고 방학도 얼마 남지 않았으니 학교에
가기 싫다고. 주말을 붙여 5일간 체험학습을 신청했고, 1박 2일 일정으로 이른
아침 두 딸과 강원도 강릉으로 출발했다. 아이들 엄마는 출근했고, 큰딸은 이미
수시로 대학에 합격한 뒤라 우리 셋이서 몇 해 전 푸껫 여행 이후 처음으로
여행을 하게 되었다. 2시간쯤 운전해 도착한 곳은 대관령 부근의 황태요리 식당.
황태해장국과 황태구이 정식을 고루 주문해 든든히 아침 식사를 마쳤다.
그리고 인근의 양떼목장으로 향했는데, 눈발이 간간이 내리는 게 조금 불안해
보였다. 매표소를 지나 올라가는데, 평일이라 그런지 사람이 거의 보이지
않았고, 정상에 오르니 커다란 풍차들이 장관을 이룬다. 서로 사진을 찍어주며
잠시 시간을 보내다가 아래로 내려 양들에게 먹이 주기 체험을 하는데,
양 한 마리가 우리에서 탈출해 작은아이가 들고 있는 먹이 그릇을 탐했다.
결국 양들에게 고루 나누어 주려고 했던 사료는 한 녀석에게 모두 빼앗겼고,
잠시 후 나타난 직원이 탈출한 양을 안아 우리에 다시 넣었다.

삼척 해상 케이블카를 타러 가는 길, 강릉에 잠시 들러 딸들이 좋아하는
떡볶이를 함께 먹으려고 찾아간 중앙시장 옆 카레 떡볶이 전문점은 이미
줄 선 사람들로 붐볐고, 우리는 잠시 기다려 떡볶이와 튀김을 먹었다.
카레 맛이 너무 강하지도 않고 적당히 매운맛과 단맛이 좋아 튀김을 섞어
먹었고, 바삭한 튀김이 쫄깃하게 바뀌어 식감이 재미있다. 그런데, 여학생들은
왜 떡볶이를 좋아할까? 나는 고등학생 때 야간 자율학습 시간 전에 떡볶이가
아닌 짜장면을 사 먹었는데, 그 옛날에도 여학생들은 떡볶이를 사 먹고는 했다.
왜 그럴까. 왜 다를까. 여학생들은 남학생들과 달리 매운맛을 좋아하는 걸까?
사람마다 다른 거겠지만, 경험적으로 그렇게 느낀다. 이 집 상호도
'여고시절 카레떡볶이'. 삼척으로 향하는 길, 겨울비가 내리기 시작한다.

아이들에게 뭔가 체험 거리를 주고 싶어 가는 길이지만, 나에게는 따로 목표가 있다. 그것은 30여 년 역사의 세모 레스토랑, 떡볶이만으로 부족할 듯하니 점심을 먹자며 중앙로 사거리의 경양식집으로 들어갔다. 2층 창가 소파 자리에 앉아 내부를 둘러본다. 지중해풍인가, 이슬람풍인가. 모르겠다. 어쨌건 오래된 경양식집에서는 낯설지만 익숙하고, 흔한 듯하지만 요즘 세상에서는 독특한 그런 공간을 종종 만나게 된다. 우리는 낡은 차림표를 본다. 큰아이는 함박스테이크를, 작은애는 포크 촙스테이크 그리고 난 돈까스를 주문했다.

바로 수프가 나왔는데, 시리얼이 몇 개 들어 있어 뭔가 귀여워 보인다. 단무지와 깍두기가 나왔으며 한입에 먹기에 커 보이는 깍두기는 설렁탕집에서 흔히 볼 수 있는 스타일이라 독특하다. 함박스테이크는 반숙의 달걀프라이가 올라 있고, 한켠에 양배추 샐러드와 마카로니, 적은 양의 스파게티도 함께 놓여 있으며 얇게 썬 사과도 몇 조각 있다. 일본의 영향을 받은 함박스테이크는 고기를 다져 치대고 구운 것이라서 다소 퍽퍽할 수 있기에 대부분 완전히 익히지 않은 달걀을 올린다. 노른자가 퍼지며 퍽퍽함을 완화해주니까.

일반적인 촙스테이크는 소고기를 한입 크기로 자르고, 채소와 소스를 함께 익히는 것인데, 세모 레스토랑의 포크 촙스테이크는 돈까스를 튀기고 한입 크기로 자른 후 소스를 넉넉히 부어 나왔다. 가격을 낮춘 이곳만의 특별한 음식이라 생각하면 꽤 먹을 만하다. 경양식을 많이 접해보지 못한 아이들은 분식집에서 맛본 돈까스 대신 다른 메뉴로 주문한 것인데, 서로 바꾸어 먹어보기도 하면서 샐러드를 함께 먹는 것이 좋다고 한다.

돈까스는 커다란 한 조각과 스파게티, 베이크드 빈, 마카로니가 함께 있고, 별도의 접시에 양배추 샐러드가 나왔다. 이 스파게티는 케첩을 많이 넣은 소스에 버무렸는데, 참 저렴한 느낌의 맛이면서도 정감이 느껴지기도 한다. 익숙하니까. 결혼식장 뷔페에서 맛볼 수 있는 맛이다. 경양식집에서는 드물게 나오니 별미 삼아 먹어본다.

돈까스를 나이프로 잘라 맛보니 두께가 적당한 고기에 산미가 도드라지는 과일 소스가 어우러져 입맛이 당긴다. 빵가루 입자가 거칠지 않아 크게 바삭거리지는 않는다. 일식과 다른 한식 돈까스의 특징이라고도 할 수 있는데, 이게 장단점이 있다. 한식은 바삭함보다는 소스와의 어우러짐에 중심이 더 가 있다. 예전에는 경양식집에서 직접 빵을 만들어 식사용으로 내주기도 했으며 빵가루까지 만들어 튀김에 사용했지만, 요즘 빵을 직접 만드는 곳은 거의 볼 수가 없다. 내가 사는 인천에는 빵을 직접 만드는 경양식집이 2곳 있어 가끔 맛보곤 하지만.

식사를 마칠 무렵 디저트로 딸들은 아이스크림을, 나는 커피를 부탁드렸다. 모두 식사 비용에 포함되어 있다. 늘 느끼지만, 만 원 안팎으로 수프로 시작해 샐러드와 메인 음식, 디저트까지 받을 수 있는 음식은 경양식 말고는 없는 듯하다.

여럿이 오니 테이블이 꽉 찼다.

커피를 마시며 대학에서 음향학을 전공할 큰아이와 고등학교에 진학해
수험생의 길을 걷게 될 작은아이에게 아버지의 경험을 바탕으로 몇 가지 당부의
말을 해주었다. 안 듣는다. 그래도 집에서는 아이들과 이야기할 기회가 많지
않은데, 종일 이렇게 함께 있으니 조금씩 대화를 하게 되니 참 좋다.
안 듣지만. 함께 여행하는 시간을 가끔 만들어 봐야겠다. 식사를 마치고
우리는 케이블카를 타기 위해 장호항으로 간다. 겨울비가 제법 세차게 내리네.
케이블카 탈 수 있을까.♪

딸들이 먹은 아이스크림.
금속 그릇이 세모의 인테리어와 잘 어울린다.

생선까스

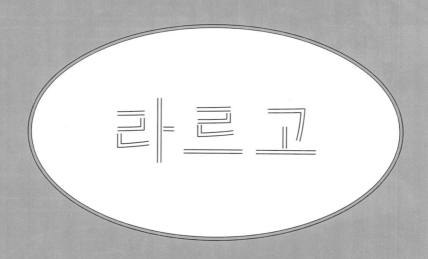

라르고

경기도 동두천

이 선생님과 처음 인연이 된 것은 15년 전.
개봉동에서 작은 피아노 교습소를 운영하셨을 때부터.

꾸준히 연락하며 학생들 피아노 조율을 소개받거나
선생님 댁 피아노를 조율했다.

마지막으로 뵌 것이 2년 전. 구로동 집에서 몇몇
아이들 레슨을 할 때였는데

파주 운정지구로 이사하셨다면서 조율을 의뢰하셨다.

엇!

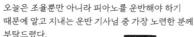

오늘은 조율뿐만 아니라 피아노를 운반해야 하기 때문에 알고 지내는 운반 기사님 중 가장 노련한 분께 부탁드렸다.

이따 뵐게요!

네!

도와드릴까요?

용달화물

이 정도야 혼자 충분히 합니다!

아파트 단지가 무척 크네.

그럼 위에 가서 도와드릴게요.

네!

166

1996년부터 여태 쓰는 내 공구 가방.
당시 거금 20만 원을 주고 샀다.

그렇게 운반과 조율을 마치고 나니 점심시간이 다가왔다. 신도시에 알고 있는
식당이 없지, 당연히. 과감하게 좀 멀리 가보기로 한다. 오늘의 목적지는
동두천의 경양식집 라르고. 동두천 종합운동장에서 계곡을 따라 조금 올라가니
누가 봐도 가정집이 아닌 독특한 2층 건물이 보인다. 물론 내비게이션의
도움을 받았지만, 자동차만 있다면 올 만한 위치다. 숲도 있고 작은 계곡도 있고,
주변과 잘 어울리는 식당이다. 옛날 유행하던 도시 외곽의 카페 같은 느낌인데,
나는 그런 곳에 잘 다니지 않았는데도 반갑다.

주차 후 입구에 들어섰는데, 바로 정면에 작은 콘솔형 피아노가 있는 게 아닌가?
레스토랑 이름도 라르고. 라르고는 음악 용어로 매우 느리게 연주하라는 뜻이다.
요즘같이 빠른 디지털 시대에 한 박자 쉬어갈 수 있는 공간 같다. 가게 안 꾸밈도
이런저런 게 참 많은데, 다 같이 머무르며 손때가 탔다. 미니멀리즘을 사랑하는
요즘 사람들은 이런 공간에 오면 어떻게 느낄까. 물건이 사람을 대변하는
경우가 종종 있는데, 모던하고 군더더기 없는 물건은 깔끔하긴 해도 사람이
잘 느껴지지는 않는 것 같다. 라르고의 장식 중에는 특히 악기나 음악 관련
물품이 많은데, 사장님이 음악을 좋아하신다는 것을 짐작할 수 있다.

출입문을 중심으로 양쪽으로 공간이 나뉘고, 왼쪽 홀의 빛이 잘 드는 창가 자리로 안내받았다. 손글씨로 쓴 차림표를 받아들고, 음식을 고르다가 12,000원 하는 생선까스로 주문했다. 돈까스는 비교적 쉽게 맛볼 수 있는 음식이어서, 경양식집에서 직접 만드는 경우라면 생선까스를 주문하는 편이다. 동전 모양의 물티슈와 식기류가 나왔으며 수프가 이어 등장했다. 버섯이 들어간 크림 수프인데, 시리얼 몇 개를 올려 나와 그럴듯해 보인다. 평소처럼 한 스푼 맛보았는데, 지금까지 수많은 경양식집을 다니면서 먹은 것과 너무나 다른 맛이다. 보통 시제품을 쓰는 집이 많아서 한 스푼 맛보고 테이블 구석으로 밀어 버리는 경우가 대부분인데, 라르고의 수프는 하나의 요리 같다. 흘러나오는 올드 팝처럼 따스하고 감미롭다. 진한 버터 향과 뜨거운 온도, 짠맛의 정도까지 딱 떨어지는 가장 완벽한 맛이다. 샐러드 한 접시가 나왔고, 마늘 빵 두 조각도 이어 나왔는데, 예전처럼 경양식집에서 직접 빵을 만들어 제공하는 경우는 이제 거의 찾아볼 수가 없고, 대부분 사입해 낸다고 볼 수 있다. 그런데 라르고는 시판용 모닝 빵을 반으로 자르고, 자른 부분에

전국 최고 크림 수프.

마늘소스를 발라 오븐에 구워내니 제빵이 어려운 상황에서 최대한의
성의를 볼 수 있다. 수프와 식전 빵을 맛보고 메인 음식인 생선까스에 대한
기대가 무럭무럭 자랐다.

수프를 바닥까지 긁어먹고는 사모님께 수프·맛이 전국 최고라 말씀드렸더니
미소를 지으며 깍두기와 피클을 놓고 가신다. 메인 디시는 단정한 모습으로
등장, 타르타르소스를 올린 생선까스 2장과 구운 채소들, 감자튀김 그리고
스쿠프로 뜬 밥이 놓여 있다. 혹시 디저트가 나오는지 여쭈었는데, 나온다는
대답을 듣고, 탄산음료를 미리 달라고 부탁드렸다. 잠시 후 사이다 한 캔과
빨대를 함께 주신다.

나이프를 들고 생선까스를 자른다. 돈까스와 다르게 칼질 한두 번이면 쉽게
잘리고. 바삭함에 이어 부드러움이 느껴지는 이 손맛, 생선까스를 자르는
느낌이 난 참 좋다. 고소한 타르타르소스와 함께 맛보는 라르고의 생선까스는
정말 꿀맛이다. 아침 식사를 거르고 나온 허기에 빠르게 입속으로 들어간다.
밥과 감자튀김도 조금 맛보며 식사를 마쳤다. 집으로 돌아가는 동안 라르고의
수프 맛이 자꾸 떠오른다. 올드 팝이 나오는 라디오 채널을 찾는다♪

빵은 하나 먹었다.

Interview

김희신·문상민

라 르 고

김희신 지금 세대들은 저희가 하는, 경양식의 세미 코스죠, 수프 나오고, 샐러드 나오고, 후식 나오고 이런 걸 잘 몰라요. 지금 레스토랑 문화가 단품으로 스테이크도 하나 시키고, 스파게티도 하나 시키고, 패밀리 레스토랑 가면 그렇게 나오잖아요. 그렇게 자기가 원하는 걸 주문해서 하나씩 먹는 걸로 변했기 때문에 지금 젊은 세대들은 이렇게 해서 나가면 굉장히 좋아해요. 대접받는 느낌이래요. 가격 대비 만족감, 그런 게 되게 있어요. 커피를 잔 받침 해서, 집에서도 받침은 잘 안 하잖아요. 맨 끝마무리를 해드리면 대접받는다, 어우, 얼마 만에 커피잔에 커피를 마시는지 몰라요. 이런 분이 좀 많고,

린틴틴 젊은 분도 많이 오세요?

김희신 네, 젊은 분 반, 원래 오시던 분 반. 가족 모임도 많고요.

린틴틴 라르고 위치가 외진데, 사람들이 다 찾아오는 게 신기하네요.

문상민 근데 저희가, 묘한 위치에 있는 거예요. 바로 요 건너 넘어 가면 양주고, 저리 넘어 가면 포천이에요. 양주, 포천에서 우리 집 오는 데 시간이 그렇게 오래 안 걸려요.

신호도 별로 없고. 도로 난 지가 한 2, 3년 되거든요? 그전에는 좀 오지였는데, 도로가 뚫리는 바람에 의정부 쪽에서도 오기 좋고요. 드라이브 삼아 와서 드시고 가는 거예요.

린틴틴　길이 뚫리기 전에는 어땠나요.

김희신　힘들었죠. 다 막혀 있으니까, 거의 동두천 분들이 주를 이루었는데, 여기가 생각보다 경제자립도가 낮은 곳이에요. 인구도 많지 않고, 단가를 많이 내릴 수도 없고, 그렇다고 그 멜라민 접시에다가 떡 하니 주기도 또 성격에 안 맞고, 그래서 고생 많이 했어요. 오래되다 보니까 타지에서 이제 좀 많이 와주시고, 서울분들도 넘어오시는 거 보면 저희가 정말 감사해요. 저희가 막 귤도 드리고, 사탕도 드리고, 감사하다고, 정말로. 그렇게 변화가 된 거죠. 커피는 커피숍이 많이 생기면서 저희는 메뉴에서 없앴어요. 차나 커피는 그쪽으로 흡수되는 거고, 저희는 이제 그냥 식당이죠. 저희 거만 파는.

린틴틴　요즘 주변에 카페가 많이 생겼군요. 예전에는 더 황량했을 거 같아요.

김희신　아니에요. 저희가 처음 왔을 때는 저 위 계곡 쪽으로 레스토랑이 꽤 있었어요. 그때는 도시 외곽 레스토랑이 붐이어서, 외곽 갈빗집이 많았듯이. 그런 외곽 문화가 많이 발전했을 때예요. 지금은 이제 거의 다 문 닫고 없죠. 레스토랑은 이제 거의 다 수익이 없고, 이런 거 만들다 보면 식자재에 대한 부담이 있잖아요. 남으면 버려야 하고, 그러니까 레스토랑에서 커피숍으로 거의 다 전환했어요. 그래서 이쪽에 커피숍이 많아진 거죠.

린틴틴　힘들 때가 많았을 것 같아요. 꾸준히 계속 이 일을 하는 이유가 뭔가요.

김희신　솔직하게 말하면 할 줄 아는 게 이것밖에 없어요, 하하하. 너무 오래 20 몇 년을 이 일을 하다 보니까, 또 외곽에서 오래 살았잖아요. 지금은 다시 도심으로 나간다는 자체가 좀 무섭기도 하고, 부담스럽기도 해요. 저희는 외곽에서 그냥 스스로 경쟁과 치유를 하거든요. 좀 한가할 때는 나가서 풀도 뽑고, 꽃도 심고, 그렇게 외곽 일이 많거든요. 그런 걸 한다든가 하며 그냥 또 견디는 시간이 되는데, 밖에 나가서 그 좁은 곳에서 산다고 생각하면, 좀 정신적으로 부담도 커요. 그래서 못 나가게 된 거고, 돈은 못 벌었어요. 하하하. 그래도 저희가 식당만 하면서 이쪽에 집중하니까 이제 타지에서도 와주시고, 또 칭찬도 많이 듣고 그래요. 지금은 그래도 좋죠, 단골도 정말 많고요.

경양식이라는 게 김치찌개, 된장찌개 같이 매일 먹을 수 있는 음식은 아니잖아요. 가끔 생각날 때 먹는 음식이라. 근데 꾸준하게, 그냥 편한 마음으로, 언제든지 생각나면 와도 저희가 똑같이 그냥 이러고 있으니까, 너무 반갑고 좋다, 미국 나갔다 와도 그대로 있으니까. 라르고가 여태 있을까, 라고 생각하며 오시는 분이 많아요. 어렸을 때 온 아이가 지금은 대학교 다니고, 부모님이랑 같이 또 오고, 그렇게 해서 가족 모임이 많아요.

린틴틴 그렇게 단골이 형성되었군요. 식당 안에 들어오니까 마음이 편하고, 좋네요.

김희신 손님들이 사장님, 인테리어 절대 고치지 마세요, 이래요. 지금 이 분위기가 너무 편안하고 좋다, 요즘은 등도 많이 달고, 굉장히 화려하잖아요. 뭐든지 다 환하고 반짝반짝하고. 근데 저희는 조금 어둡다 그래야 하나, 색깔이 묻히는 집이라, 그게 오히려 좀 가정집 같은 안정감을 준다고 손님들이 얘기하세요, 편안하다고. 오실 때 항상 편안한 마음이었으면 좋겠다. 그렇게 생각해요. 몇 년을 더할지는 모르겠지만.

린틴틴 멋진 경양식집인데, 계속하셔야죠.

김희신 힘이 없어서 못 하겠어요, 하하하.

린틴틴 사라지는 경양식집이 참 많아요.

문상민 우리나라 사회 문화 자체가 그런 가치를 인정해주지 않기 때문에 그래요. 유럽이나 일본처럼 그 가치를 인정해줘야 하는데, 우리는 그렇지가 않아요. 신장개업 크게 써 붙이면 손님들이 다 그쪽으로 다 가버린다고. 버틸 수가 없어요. 이 식당이라는 것도 하나의 문화라고 생각해요. 식문화. 어떻게 보면 문화가 먹는 거에서 가장 먼저 생기는데, 우리나라는 식문화가 아직은 뿌리를 다 내리지 못했어요. 라르고를 하면서, 먹고, 만족하고, 모든 분위기가 어우러졌을 때 하나의 문화가 된다고 생각해서 나름 그쪽으로 노력하고 있어요. 이게 자기만족이에요. 허허허, 돈을 떠나서. 어차피 나는 여기 24시간 있는 거니까 내가 좋아하는 분위기를 만들고, 연출해놓고, 그 분위기를 좋아하는 사람이 우리 집 단골 되기를 나는 원하죠. 그렇게 가는 거예요. 그러니까 손님도 나랑 비슷한 사람들이 우리 오래된 단골이 되는 거예요. 그게 편하죠. 그걸 꿈꾸고요.

린틴틴 악기가 많네요. 피아노도 있고. 음악을 좋아하시나 봐요.

김희신　네, 좋아하세요. 사장님이 잘하세요.

린틴틴　오, 어떤 거 하셨어요?

문상민　아, 나는 싱어예요, 싱어. 포크 음악이요. 거기에 곁들여서 기타, 피아노 조금씩 하는 거고. 여기서 공연도 많이 했어요. 마당에서도 하고 안에서도 하고.

김희신　지금은 그 문화가 바뀌었잖아요. 이제는 직접 부르죠, 다들. 포크 가수 라이브를 듣는 가치가 없어졌으니까. 그래서 여기서 이제 라이브는 안 해요. 재즈 공연도 많이 하고 그랬는데.

문상민　돈만 썼어요, 하하하. 그것도 괜찮아요. 재밌었으니까. 과자 드시면서 하세요.

린틴틴　감사합니다. 레스토랑이 꽤 넓네요. 두 분이 다 하기 힘들지 않으세요?

김희신　단체가 많이 온다든가 그러면 동네 분이 오셔서 도와주세요. 여기는 손님이 계속 들락날락 그러지 않으니까. 요즘은 그래도 예약을 많이 해주세요. 문화가 좀 많이 바뀌었어요. 저희는 사람이 없으니까 한꺼번에 오시면 힘들거든요.

린틴틴　조리는 주로 누가 하세요?

문상민　같이 해요.

김희신　메인은 제가 해요.

문상민　설거지는 제가 해요.

린틴틴　두 분이 계속 이렇게 같이 계시면 싸우지는 않으세요?

김희신　별로 그렇게 싸울 일은 없어요. 다들 부부가 식당 하면, 하지 말라고, 엄청 싸우고 그런다고 그러세요. 궁금해하세요. 저희가 얼마큼 많이 싸우는지, 하하하. 혹시 이제 집안에 일 있거나 해서 문 닫으면, 다음 날 오셔서 그래요. 어저께 부부싸움 하셨죠? 각자 할 일이 따로 있어요. 사장님은 청소도 하시고, 바깥일도 하시고, 여러 가지 뭐 여기 인테리어도 혼자서 뭐 이걸 여기다 놨다 저기다 놨다 바꾸시고, 저는 이제 주방에서 준비할 거 하고, 각자 할 일이 있으니까 안 싸워요.

지겹지 않냐고도 하시는데, 저희 나이대 손님들은 퇴직해서 오시는 거잖아요. 그분들은 집에서 종일 있는, 둘이서 하루 종일 그 자체가 너무너무 싫다고, 그 시간이 너무너무 길다는 거죠. 눈 뜨고 밥 먹고, 아우, 계속 반복이니까. 어떻게 우리 보고 이렇게 하고 있냐고 그러는데, 우리는 이제 오래 했으니까, 오래 견딘 시간이잖아요. 서로 부속품같이 사는 거지, 하하하.

린틴틴 라르고 수프는 직접 만드시는 건가요. 되게 맛있더라고요.

문상민 우린 다 직접 만들지.

린틴틴 경양식집 열에 아홉은 다 똑같거든요, 수프가.

김희신 오뚜기 수프, 거의. 저희 수프는 오뚜기 수프 나오기 이전의 수프예요. 밀가루하고 버터하고 1대1 동량으로 약한 불에다가 한 20분, 양이 더 많으면 길게도 볶겠죠. 볶아요. 일반적인 양식 책에 다 나오는 그렇게 하는 거예요.

린틴틴 예전에는 그럼 이런 수프가 많았겠네요.

문상민 옛날에도 이런 수프는 호텔에서 나오고, 일반 레스토랑에선 좀 힘들죠. 시간이 오래 걸리고 그러니까. 우리 집에 호텔에서 양식 주방 하시던 손님이 한 분 오셨는데. 깜짝 놀라더라고요. 이거는 호텔에서나 먹어볼 수 있는 수프인데, 어떻게 여기서 이런 수프가 나오는지. 근데 사실 힘들어, 그게. 되게 지겨워. 볶는 시간이 길어요. 근데 그걸 안 하면 또 그 맛이 안 나.

김희신 공이 들어가는 거라, 밀가루 볶는 게 거의 인생이에요. 맨 처음에 버터를 녹인 다음에 밀가루를 넣잖아요. 이제 그걸 반죽하듯이 약한 불에서 볶는데, **뻑뻑해요.** 근데 그게 시간이 점점점점 지나면, 걔가 스스로 용해되듯이 팍, 녹아버려요. 아주 부드럽게….

문상민 그게 상상 초월이래니깐요. 상식적으로는 점점 더 **빡빡하게** 굳어갈 거 같잖아요. 볶으니까. 근데 밀가루하고 버터하고 비등점에서 용해가 돼 버려요. 화합이 되는 거지. 갑자기, 어느 순간. 그게 인생하고 똑같아요, 하하하.

김희신 거기서 욕심을 부려서 이제 좀 더 볶죠. 그럼 색깔이 갈색이 나버려요. 못 쓰는 거지. 한순간에, 그게 딱 인생이에요. 기다려야 되고, 참아야 되고, 놓치면 돌아오지 않고, 어떨 땐 지루해서 하기 싫거든요. 그래도 참아야 하니까, 인생이란 게.

문상민 다 치우고 싶지. 허허허허.

린틴틴 오뚜기 수프 쓰고 싶고,

김희신 맞아요. 진짜로. 편하게 가고 싶고. 근데, 볶다 보면은, 참고 기다리면은, 또 이렇게 좋아질 때가 오는구나, 싶죠. 그럴 때 저희 가게 생각 많이 하죠. 오래 참고 기다려서 지금은 이제 칭찬 많이 듣는다, 뿌듯하다. 지금 26년 차인가.

저희는 참 복이 많아서, 뭘 알고 시작한 게 아니라, 엉겁결에 시작했어요. 남편이 건축을 좀 하다가, 별로 안 좋아져서 이걸 시작했는데, 처음에 제가 잘 모르니까 손님들이 가르쳐주시는 거예요. 이거는 그렇게 하지 마시고, 이렇게 해보세요, 진짜로 많이 가르쳐 주셨어요. 고맙죠. 도움이 많이 됐어요.

린틴틴 지금 메뉴 구성으로 20 몇 년을 하신 거예요?

김희신 변화가 많았죠. 볶음밥도 했고, 스파게티도 해봤고, 최신 뭐가 나왔다 그러면 다 해봤어요. 이것도 해보고, 저것도 해봤는데, 외곽이라 손님이 많지 않으니까 버리는 식자재가 너무 많았어요.

문상민 식당은 아이템이 많으면, 힘든 거예요. 되도록 이걸 압축해야 돼. 얼마 안 나가는데, 할 건 많아지고. 정신없죠.

린틴틴 돈까스 위에 흰 거랑 까만 가루 같은 게 뿌려져 있던데, 그건 뭔가요?

김희신 코코아 가루.

문상민 하얀 건 귀리 가루.

김희신 치즈 가루냐고 손님들이 물어요. 근데 다 몸에 좋은 거. 100%. 항암 되는 거고. 다 몸에 좋은 거 써요. 저희 가니시 버섯볶음 그런 것도 다 좋은 걸로 써요. 1인분 들어오면 1인분 볶으니까. 샐러드도 저희는 발사믹을 쓰니까 그것도 그렇고, 다 보면 건강에 좋은 거예요. 나쁜 거는 없어요. 그냥 막 하는 거는 없어요. 밥도 잡곡밥, 현미밥 해서 드리고, 나쁜 거라고 하면 뭐가 제일 나쁠까, 감자튀김 정도 나쁘다고 해야 하나. 하하하.

린틴틴 이렇게 다 하는 집이 정말 별로 없어요. 하다못해 그냥 과일 통조림 같은 거라도 조금씩은 섞여 있는데.

김희신, 문상민 딱 따갗고.

문상민 콘 샐러드. 또 빨간 콩 통조림 많이 쓰잖아요. 따가지고. 우리는 종업원

인건비하고, 임대료 이런 게 안 나가니까 이렇게 할 수 있는데, 다른 집들은 또 우리처럼 했다가는 수지타산 맞추기 어렵죠. 어쩔 수 없는 거지. 그분들은 그분들대로 또 해나가야 하는 거고.

김희신　안 될 거예요, 아마. 재료비가 너무 많이 들어서. 아까 접시에 까만 거, 그것도 블루베리, 와인, 레몬 넣고 조린 거거든요. 조려요.

린틴틴　좋은 재료에 정성도 참 많이 들어가네요. 휴일에는 뭐 하세요.

김희신　거의 휴일이 없어요. 좀 피곤하다 싶으면 1시간 일찍 문 닫는 거. 아침에는 늦게 일어날 수가 없거든요. 돈까스, 생선까스 만들어야 되니까 7시면 일어나고, 명절날, 집안 대소사, 생일날, 결혼식. 어쩔 수 없이 닫아야 하는 날. 그날이 쉬는 날이에요.

린틴틴　2021년 새해에 바라는 게 있다면.

김희신　일단 건강하고, 남편이 신장이 안 좋아졌어요. 그래서 치료하는데, 좀 힘들죠. 식사나, 조심해야 될 게 많아서.

문상민　먹지 말라는 게 너무 많으니까.

김희신　완치, 올해는 완치 딱 됐으면 좋겠다, 그리고 라르고도 별 탈 없이 지금처럼 쭉 잘 갔으면 하는 바람. 그 외에는 없어요.

대전 은행동

돈까스

피아노 조율이 수입의 상당 부분을 차지하지만, 매장을 운영하는 조율사에게 피아노 판매는 중요한 수입원이다. 또, 가끔 피아노 관련 일 소개를 받을 때도 있다. 인천의 어느 교회 부목사님이 대전의 개척 교회로 가셨다는 소식을 사모님께 듣고, 교회 피아노 조율을 의뢰받았다. 사실 목사님은 뵌 적이 거의 없고, 10년 전 고객으로 처음 만난 사모님과 연락을 주고받으며 조율이나 피아노 판매에 도움을 받고 있다.

집에서 간단히 아침을 먹고 대전으로 향하는 길, 가을 하늘의 높음을 몇몇 멀리 보이는 구름으로 알 수 있고, 고속도로마저 시원하게 뚫려 있으니 기분 좋은 날이다. 다소 멀리 출장 가는 게 힘들다고 남들은 생각할 수 있으나 나에게는 무척 고마운 일. 평소 궁금한 식당을 일부러 찾아갈 수도 있지만, 업무를 마치고 메모해둔 식당에 찾아가는 즐거움은 글로 표현하기 어렵다.

상가 건물 3층의 교회로 올라가니 목사님 부부가 반갑게 맞아주셨다. 단상 앞쪽에 놓인 피아노를 살펴보니 예전에 내가 사모님께 판매했던 피아노다. 잠시 커피를 마시며 그동안의 안부를 서로 물었고, 천천히 작업을 시작했다. 한동안 조율을 받지 않은 피아노라 2시간 가까이 액션(건반을 누르면 해머가 현을 치게 하는 피아노 메커니즘)을 조정하고, 음을 조율했다. 나는 소리굽쇠 외에 특별한 도구를 쓰지 않지만, 요즘에는 스마트폰 앱을 활용하는 조율사도 많다. 교회가 있는 상가 2층에 중국집이 있는데, 식사를 함께하자고 하셨지만, 정중히 거절한다. 이유는 대전에 궁금했던 경양식집에 가야 하기 때문. 2년 전 내부 공사 때문에 먹지 못한 돈까스를 맛보고 싶었다. 아쉬움에 인사를 드리고 나오는 길, 사모님께서 조율비라고 봉투를 하나 주셨지만, 나는 그동안 도움받은 게 많아 돌려드렸다.

은행동에 있는 아저씨돈까스가 오늘의 목적지. 주차하기 어려운 곳이지만, 멀지 않은 곳에 중앙시장 주차장이 있다. 시장 주차장을 이용하면 요금이

저렴하고 구경할 게 많아서 좋다. 각자 살아가는 모습들과 바쁘게 지나가는
행인들, 흥정하는 모습들까지 모두 흥미로운 모습이다. 은행교를 지나는데,
맑은 하늘의 몇몇 구름이 다리와 물에 비치는 모습이 수채화처럼 예쁘다.
카페와 음식점들, 옷가게들이 모여 있는 문화의 거리에 노란색과 하얀색 외관의
아저씨돈까스. 나보다 10살쯤 많아 보이는 부부가 운영하는 집이다. 출입문에서
가까운, 혼자 식사하기 적당히 아담한 자리에 앉았다. 테이블에는 냅킨 상자와
깔끔한 양념통, 음식 사진과 가격을 적은 차림표가 아크릴판에 끼워져 있다.
조금 요즘 식당 같은 모습이다.

돈까스가 고작 5,500원이라니, 무척 저렴한 가격이라 음식이 어떻게 나올지
궁금해진다. 주문을 하고 나니 잘 익은 깍두기와 단무지를 반찬으로 나왔고,
따끈한 수프도 나왔다. 음식이 나오기 전 애피타이저로 맛보는 수프는
대단한 맛은 아닐지라도 대체로 기름에 튀기는 경양식을 먹기 전 식도와
위장을 윤활유처럼 코팅해준다.

잠시 기다리니 나온 아저씨돈까스. 커다란 하얀 접시에 돈까스가 한 장, 주변에는
밥과 야채 샐러드, 마카로니 샐러드가 놓여 있다. 경양식집에서 하얀 접시를
주로 사용하는 이유는 바탕과 여백이 되어 음식을 돋보이게 하는 데 있다.
먹음직스러운 돈까스를 나이프와 포크로 잘라 보았다. 적당한 두께의 등심을
두드려 만들었으며 단맛과 신맛이 잘 조화된 소스와 잘 어울린다. 바삭하다.

고소한 맛을 담당하는 마카로니 샐러드도 야채 샐러드만큼이나 중요한데, 돈까스 접시의 전체적인 맛과 영양 균형을 고려한 가니시다. 한식에서 밥과 국이 주인공이고, 곁들여지는 반찬들은 조연이라 할 수 있지만, 경양식에서 밥은 조연이다. 비록 빵이 제공되지는 않지만, 돈까스와 밥으로도 충분히 배부를 수 있는 양이 나와 무척 저렴하다는 것을 다시 한번 느낀다. 잘 익은 깍두기도 한몫하며 돈까스와 밥 사이에서 밸런스를 잡아주고, 단무지는 그다지 필요치 않아 먹지 않았다.

식사를 마치는데 후식 이야기가 없어 별도로 요청하지 않았고, 기사식당의 백반보다 저렴하니, 뭐. 구성이 다양한 음식으로 충분히 기분 좋게 식사를 마쳤다. 대전천을 다시 건너는데, 다리들이 참 예쁘게 보인다.♪

카페와 음식점들, 옷가게들이 모여 있는 문화의 거리에 노란색과 하얀색 외관의 아저씨돈까스.

모듬 커틀릿

하얀풍차

전라남도 담양

먹거리 여행을 나서며 여수로 향한다. 몇 가지 음식을 경험해보고 싶었고,
오래된 경양식집이 있기 때문이다. 이번 여행은 운전을 해서 가는데, 오가며
궁금한 식당들을 자유롭게 들를 수 있는 장점이 있지만, 대중교통을 이용할
때보다 피로감은 더 크다. 인천에서 늦은 아침 식사를 마치고 출발했더니
저녁 무렵 여수에 도착했다. 그런데 목적지였던 경양식집은 출입문이 굳게
닫혀 있고, 실내 조명도 꺼져 있다. 전화해보았지만, 받지 않는다. 요즘에는
어르신들이 운영하는 식당들이 종종 예고 없이 휴점하기도 하는데, 건강
문제도 있을 것이고, 그만큼 주방에서 요리를 한다는 것이 육체적으로 고되기
때문이다. 당황하지 않고 숙소에서 먹을 햄버거를 사려고 서교동으로 차를
몰았고, 그 유명한 한우 햄버거를 사서 차에 실었다. 아무래도 오늘 저녁에는
경양식은 틀린 듯하다. 남도에 왔으니 삼치회에 소주 한잔 마실 요량으로
문수동 월성소주코너를 찾아갔다. 음주 운전을 하면 안 되니 사장님께 부근의
숙소를 여쭈었고, 길 건너에 모텔이 있다고 알려주신다.

잠시 후 다시 오겠다고 말씀드리고 나와 길 건너 모텔 프런트에 갔더니
사람은 없고 자판기만 덩그러니 있는 무인텔이다. 여행을 즐기지만, 무인텔은
처음이라 아무리 들여다보아도 사용법을 알 수 없는 자판기. 결국 직원을
찾으며 내실 문을 두드렸더니 창문이 조금 열리며 관리인의 목소리가 들려왔고,
나는 사용법을 모르니 키를 달라고 하며 현금을 건넸다. 그런데 카드를 달라며
안쪽에서 결제 하면서 자판기에 쓰여 있는 506호를 누르라고 한다. 결국 키를
받아 객실에 가방을 놓고, 다시 삼치회집으로 걸었다. 인건비가 절약되는지는
모르겠으나 나 같은 사람은 결국 되돌아 나올 모텔. 그래도 어렵게 숙소를
잡았으니 마음껏 마셔보자. 친절한 모녀가 운영하는 월성소주코너, 3만 원짜리
회를 주문했는데, 상차림이 제법 푸짐하다. 이렇게 오랜만에 찾은 여수에서
맛본 첫 번째 음식 삼치회와 소주 한 병을 먹고, 숙소에 들어가 한우 햄버거와
편의점에서 산 소주로 홀로 2차를 한 뒤 깊은 잠에 들었다.

아침에 일어나 해장을 하려고 해안도로를 달려 화양면 나진리로 향한다.
그곳에는 국밥집이 몇 있지만, 나는 토박이국밥의 열무 냉면을 맛보려고
한다. 쫄깃한 냉면에 시원한 김칫국물과 열무가 올려 있는데, 그 맛이 별미다.
새콤하게 발효된 김칫국물이 속을 긁어 결국 편하게 해주며 면발이 허기를
채운다. 술 마신 다음 날의 갈증은 이것으로 다 날렸다.

해장한 뒤 노포 경양식집이 있는 시내로 다시 갔는데, 점심시간이 되었지만,
영업을 하지 않는다. 이럴 때는 참 허탈하다. 결국 남도의 생선까스를 맛보지
못하고 인천으로 돌아가는 길, 담양에 들르기로 한다. 그곳에는 하얀풍차라는
레스토랑이 있기 때문이다.

고속도로와 산길을 달리고 호숫가 굽은 도로를 지나니 마침내 카페촌을
이루고 있는 연화리에 도착했고, 멋들어진 버섯 모양의 레스토랑이 하얀풍차다.
버섯 같은데, 풍차도 생각나고 그런, 가게 이름과 잘 어울리는 모습이다.
넓은 주차장에 차를 대고 출입문으로 향하는데, 고양이 한 마리가 떡하니
버티고서 안 비켜준다. 한참 대치 끝에야 길을 내주네. 배고픈데 고맙다.

점잖은 남자분이 자리를 안내해주셨다. 평일이라 그런지 손님은 나뿐이다.
건물 모양도 독특하고, 실내에 거슬리는 기둥도 몇 개 없는 멋진 공간이다.
차림표를 보며 사장님과 몇 마디 이야기를 나누는데, 인수한 지 10년쯤 되었고,
그보다 몇 해 전 영업을 시작한 곳이라고 한다. 주문은 돈까스, 생선까스,
새우튀김이 나온다는 모둠 커틀릿으로 했다. 차가워 물방울이 맺힌 스테인리스
주전자도 어쩐지 풍차처럼 생겼다. 곧 샐러드와 수프가 나왔다. 수프는
평범한 맛이지만, 말라 있는 식도를 타고 내려가 속을 따뜻하게 만들어주었다.
갈증이 다 안 가셨나 보다. 아삭한 샐러드는 새콤한 드레싱과 잘 어울려
본격적인 식사를 앞두고 입맛을 한층 더 올려준다.

그리고 따끈한 빵과 딸기잼이 등장. 잼을 곁들여 빵을 조금 맛보았지만, 아무래도 수프에 찍어 먹는 편이 입에 더 맞았다. 경양식집의 잼도 좀 더 다양하면 좋겠다. 피클과 단무지, 김치가 나왔고, 뒤이어 우리 양식에서 꼭 필요한 접시 밥이 나왔다. 가만히 보면 경양식도 영양 균형을 잘 맞춘 구성이다. 고기와 채소와 가니시들, 그리고 밥이나 빵. 우리나라에 정착되면서 한식처럼 우리식대로 구성된 듯하다. 여러 가지 음식과 소스가 한 접시에 전부 있어 조금 과하다 싶을 때도 있지만, 풍성한 느낌도 동시에 있으니까.

하얀색 메인 디시에는 구운 채소 몇 조각과 돈까스와 생선까스, 그리고
새우튀김이 있다. 모두 튀김이라 곁들여진 소스가 중요한데, 하얀풍차의
소스들은 고기와 생선에 잘 어울린다. 돈까스는 두툼하고 조금 단단한
조직감이지만, 잡내가 없으며 과일로 맛을 낸 브라운소스를 충분히 내어주니
불편함이 없고, 시큼한 레몬과 타르타르소스 안의 잘게 씹히는 양파도 기름진
생선까스의 혹시 모를 느끼함을 잡아준다. 맛있는 김치가 중간에 한 번씩
제 역할을 한다. 보통 서구 음식에 김치를 곁들이면 맛의 균형이 깨질 때가 더러
있는데, 경양식은 어느 정도 한식화가 되어서인지 잘 어울릴 때가 잦다.

식사를 마치고 먼 길을 떠나기 전 후식으로 커피 한 잔을 부탁드려 여유롭게 마시고 일어났다. 인천으로 가는 고속도로에 오르자 폭우가 내리기 시작했고, 바쁠 것 하나 없으니 천천히 집으로 향한다. 여행은 또 다른 흥미로운 기억을 만드는 의식이다.♪

매콤한 해물 돈까스

경기도 이천

휴대전화로 문자가 왔다. 경기도 이천이고, 피아노 조율 요금을 문의하며
의뢰를 하는 내용인데, 내 SNS를 보며 오랫동안 식당들을 참고하고
찾아다닌다고. 감사한 일이다. 모두의 입맛이 같을 수야 없지만, 그래도 음식을
좋아해서 오래 탐구한 보람을 느낀다. 조율 승낙. 출발.

여행하기 좋은 가을 날씨, 고속도로를 달려 이천에 도착했고, 고층 아파트
현관에 도착해 초인종을 누른다. 30대 중반으로 보이는 체격이 건장한 남자가
문을 열어주었고, 피아노가 있는 방으로 안내하면서 조율하기 전 옆방으로 옮겨
달라고 부탁한다. 이럴 땐 참으로 난감하다. 중량이 230kg이나 되는 피아노를
옮기는 게 장비 없이는 쉽지 않으며 거절하기도 어려운 상황이다. 고객이
도와주신다고 하여 결국 옮기기로 했고, 문턱이 없어 다행이다. 바닥이 상하면
안 되니 사용하지 않는 두툼한 담요를 하나 달라고 해 내가 피아노의 한쪽을
들어 올리고, 고객이 그 밑에 담요를 넣었다. 피아노를 옮길 방의 구조를 살피고
돌아와 가고자 하는 방향으로 고객이 담요를 당기고, 나는 반대쪽 피아노를
들어 밀면서 옮겼다. 이제는 나이가 들어 피아노를 드는 일이 쉽지가 않다.

영창피아노 U-121NFR, 1990년대 중, 후반에 가장 많이 팔렸던 모델 중 하나.
땀을 뻘뻘 흘리며 케이스를 탈착하고, 액션(건반에서 피아노 내부의 현에
이르기까지 그 중간에 있는 타현 장치)상태를 확인하며 시범 연주를 해보았다.
그런데 중음 쪽 특정 건반을 누르니 찌르륵, 하며 잡음이 심하게 들린다.
피아노 내부에는 금속 부품이 많지 않으니 톱 보드의 경첩을 시작으로 금속
부분을 하나씩 체크해 나간다.

잡음의 원인은 결국 소프트 페달 맨 윗부분의 고무 캡이 빠져 해머 레일을
들어 올리는 금속 부분과의 떨림으로 드러났다. 다행히 공구 가방에 여분의
고무 캡이 있어 새로 끼워 넣어 해결했다. 조율을 시작하는데, 피치가 많이

내려가 있어 2시간 반 만에 조율을 마무리했다. 피치는 반음 단위의 음높이인 음계와 달리 훨씬 더 미세한 음높이다. 49번 건반 A음 440Hz를 기준으로 조율사는 현의 장력을 가감하여 정확한 위치로 조율한다.

고무 캡이 있을 때와 없을 때.

인천으로 돌아가기 전, 예전부터 생각해둔 경양식집으로 향한다. 고된 작업을 마친 뒤에는 돈까스가 최고지.

20분 정도 운전해 부발읍 응암 휴게소로 갔다. 그곳에는 20년 전통의 경양식집이 있다. 국도변 휴게소에서 20년째 운영 중인 레스토랑이 있다니 참 놀라운 일이다. 휴게소는 우동이나 김밥 같은 패스트푸드가 대부분인데, 오랫동안 돈까스를 찾는 화물차 기사님들의 까다로운 입맛에도 살아남은 것을 보면 맛에 대한 검증을 마친 곳인 것 같다. 휴게소 건물 2층으로 올라갔다. 내부는 예상보다 넓었으며 식사를 하는 손님이 여럿 보인다.

많은 경양식집이 그렇듯 부부가 운영하며 주방은 남편이, 홀은 아내가
담당한다. 계산대 한켠에 오래된 양식조리사 자격증이 놓여 있다. 생수를 한 잔
받았고, 테이블에 놓여 있는 아크릴 차림표에서 이미 생각해두었던 매콤한 해물
돈까스가 있는 것을 확인하고 주문했다. 깍두기와 단무지가 반찬으로 나오고,
수프가 함께 나왔다. 스푼과 포크, 나이프는 냅킨으로 싸서 내왔는데, 옛날
방식이지만, 위생적으로 보인다. 옛날 유럽 영화를 보니 고급 레스토랑에서
이렇게 주던데. 수프에 후춧가루를 조금 넣어 맛보며 창가를 보니 휴게소
주차장에 꽤 많은 차가 주차되어 있다. 다들 열심히 살아간다.

왜 냅킨을 먹는 부분이 아닌 손잡이에 쌌을까?

하얗고 커다란 접시에 돈까스가 등장했고, 그 위에 매콤한 해물 볶음이 올려져
있는 독특한 모습이다. 한켠에 양배추 샐러드와 스쿠프로 푼 밥도 있고,
기사식당 돈까스에서 볼 수 있는 풋고추 하나가 쌈장과 함께 놓여 있다.
이건 정말 한식이다.

홍합과 오징어, 새우를 매콤하게 볶아놓은 것이 푸짐해 보인다. 뜬금없이
고구마 맛탕이 한쪽에 보여 먼저 입속으로 넣었다. 홍합을 하나씩 까면서
매콤한 오징어도 맛보았다. 적당히 매워 입맛이 당긴다. 열심히 먹어보자.
돈까스를 나이프로 잘라보는데, 해물 볶음 때문인지 아주 바삭하지는 않다.
양이 너무 많아 남길까 걱정하면서 돈까스와 홍합, 새우를 먼저 먹었다.

잘 익은 깍두기와 밥을 한 번 먹다가 문득 기발한 생각이 들어 밥을 남겨 놓았다.
돈까스 2장을 모두 맛보고, 2차전을 시작했다. 그것은 밥과 오징어 위주로

남겨두었던 해물을 비벼서 먹는 것. 예상대로 오징어덮밥과 비슷한 맛이 나고, 한 접시에 두 가지 음식으로 재탄생되는 순간이다. 마야 레스토랑이 20년간 한결같은 이유가 맛 좋고 넉넉한 양의 경양식을 제공하기 때문임을 알 수 있었다.

후식이 따로 제공되진 않지만, 계산대 쪽에 마련되어 있는 원두커피를 셀프서비스로 이용할 수 있다. 배부르게 식사를 마친 뒤 커피를 마시며 창밖 풍경을 본다. 또 어떤 돈까스, 경양식이 있을까. 우리식으로 개량한 돈까스가 더 많아졌으면 좋겠다. 그런 시도들은 전통 있는 음식일수록 실패할 확률도 높고, 어처구니없는 맛을 보게 될 때도 많지만, 해볼 가치가 있다. 그래야 새로움이 생겨난다. 다음에는 또 어떤 경양식을 만나게 될까.♪

울산 무거동

가무댕댕

돈까스

피아노 조율사가 지방 출장을 가는 이유가 여럿 있지만, 그중 하나가 고객의
이사다. 한 번 연을 맺은 고객은 우리나라 안에서라면 이사를 가도 계속
조율 일을 맡고는 한다. 하늘은 높고 체중이 늘어가는 가을날, 교회에서
조율을 하고 있는데 전화가 왔고, 10년 전 내게 피아노를 산 뒤 꾸준히 조율을
받는 고객이다. 남편의 발령으로 울산으로 이사했고, 그 과정에서 피아노
캐스터(바퀴) 1개가 떨어져 분실되었다는 이야기.

캐스터는 강한 충격을 주거나 피아노가 비스듬히 기울어져 있다면 힘을 주어
손으로도 뺄 수 있을 정도로 단단히 고정되어 있지 않으니 종종 떨어진다.
일단 일정을 잡아 캐스터를 가지고 울산으로 가겠다고 통화를 마친 후
영창악기 본사 AS팀에 업라이트 피아노용 캐스터 1개를 구매했다. 한동안
여행을 하지 못해 이번에는 대중교통을 타려고 평일 항공권을 예약했고,
다음 날 이른 아침 백팩에 공구와 부품을 챙겨 넣고 공항으로 향했다.

피유웅. 1시간도 걸리지 않는다.

울산공항은 처음인데, 매우 작은 규모라 어째 정겹다. 주변은 황량하고, 오가는
사람도 많지 않다. 이런 황량한 풍경은 이상하게 향수 같은 걸 일으키는데,
나만 그런가. 바람도 많이 부네. 주차장을 지나 바로 대로변 정류장에서 714번
버스를 타고, 신정동에 도착했다.

피아노를 살펴보니 뒤쪽 바퀴가 1개 없고, 음도 많이 내려가 있는 상태.
우선 두꺼운 책 여러 권을 가져와 달라고 부탁드렸다. 이렇게 몸을 써야 하는
일에는 잘 변치 않는 방식이 많다. 피아노를 들어 올리거나 고정해두는 장비를
따로 가지고 다니는 분도 있겠지만. 가져온 캐스터와 공구를 펼쳐 놓은 뒤
바퀴가 빠진 쪽을 힘껏 들어 올렸고, 고객은 그 밑에 책을 재빨리 고여주었다.

바퀴 수리 과정 자체는 간단하다. 들고, 끼우면 되니까. 그렇게 수리를 마치고,
액션을 점검하고, 조율을 위해 현 사이에 롱 웨이지를 꼽았다. 롱 웨이지는
중음부의 피아노 현을 일부 지음 시키는 공구다. 먼저 49번 건반 A음을
소리굽쇠로 국제 표준 음고인 440Hz로 맞춘 뒤, 그것을 기준으로 33번(F음)과
44번(E음) 사이를 정확히 12등분 한다. 그럼 한 옥타브가 만들어지는데,
이를 12 평균율이라고 한다. 그렇게 한 옥타브가 완성되면 다시 저음과 고음
쪽으로 배음의 형식으로 전체적인 조율을 한다. 시대도 변했으니 언젠가
영상으로 찍어서 설명하는 게 나을 것 같다.

조율과 수리를 모두 마치고, 1년 후 다시 방문 약속을 잡았다. 긴 약속은 서로
잊을 때도 많지만, 그래도 안 하는 것보다는 낫지. 피아노는 디지털 악기가 아닌,
주기적 점검이 필요한 아날로그 악기니까. 자, 이제 궁금했던 경양식집으로 출발.
울산대학교 부근에 도착했고, 드디어 42년 전통의 가무댕댕 앞에 섰다.

출입문이 대로변과 골목 쪽, 2곳이 있는데, 늘 휴대하는 카메라로 외부 사진을 한 장 찍은 후 대로변 출입문으로 들어가니 1층이었고, 중앙 계단 아래 지하층이 보였다. 2개 층으로 운영되는 독특한 구조. 옛날 살롱이나 호화주점, 전통 있는 큰 식당의 내부 구조와 비슷해 보인다. 지하층을 운영하다 1층까지 확장한 느낌인데, 테이블 수가 꽤 많았고, 조명이 어두워 사진 찍기 그나마 좋은 자리를 찾아 앉았다.

시원한 생수와 차림표를 받았는데, 학교 앞이라 그런지 가격이 저렴하다. 돈까스를 주문. 7천 원이면 간짜장 한 그릇 가격으로 수프부터 샐러드와 돈까스, 밥 등을 고루 맛볼 수 있다.

직접 만든 수프가 나왔지만, 그다지 당기지 않는 맛. 마침내 커다란 접시에
돈까스 2조각이, 그 위에 채소를 넣은 소스가 올려져 나왔다. 대학가라 그런지
소스 선이 엄청 화려하다. 한켠에는 샐러드와 캔 옥수수, 스쿠프로 떠 놓은
밥이 있다. 직원에게 물으니 후식은 별도로 없다고 한다. 소주 한 병 청하니
맥주만 있다고 한다. 오늘은 할 수 없이 맥주로.

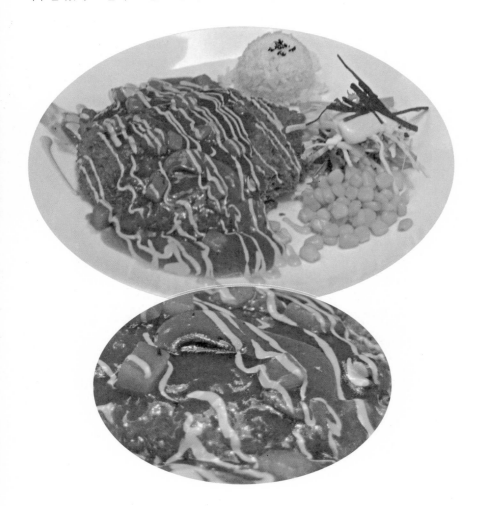

나이프로 돈까스를 잘라보니 튀김옷이 두꺼운 편. 잡내 없는 좋은 등심을
두드려 만들어서 바삭함이 좋고, 소스와의 밸런스도 좋다. 평소 맥주를 즐겨
마시지 않지만, 시원하게 한 잔 마셨다. 이것도 꽤 괜찮네. 샐러드를 안주 삼아
먹었는데, 단맛보다 새콤한 맛이 도드라진다. 돈까스의 브라운소스가 대체로
단맛이 강한 편이니 함께 나오는 샐러드는 조금 시큼한 게 입안을 더 풍성하게
한다. 입맛도 돋우고. 잘 익은 깍두기를 반찬 삼아 밥도 먹고, 중간에 한 번씩
맛보는 돈까스는 유난히 바삭하다. 우리식 돈까스는 어느 정도 튀김 옷이
두꺼워야 좋은 식감을 느낄 수 있고, 이는 내가 만두를 먹을 때 소만큼이나
피를 중요하게 여기는 이유와 같다.

테이블 위 전등갓에는 그동안 다녀간 많은 손님의 추억이 빼곡하게 적혀 있다.
대학가 가게에서 종종 볼 수 있는 풍경. 이곳에는 어떤 이야기들이 있었을까.
돈까스를 우물거리며 호기심에 하나씩 읽어본다. 다 비슷하면서도 다 다르다.
경양식집마다 있는 돈까스처럼. 잔잔한 음악을 들으며 식사를 마쳤고, 울산역으로
향하는 버스를 타러 가니, 도착 예정 시간이 50분 후. 택시를 탔다. 오랜만에
출장 겸 여행을 했더니 열차에서 눈을 감았다 떴는데 벌써 광명역이다.♪

테이블 위 전등갓에는 그동안 다녀간 많은 손님의 추억이 빼곡하게 적혀 있다.

경기도 수원

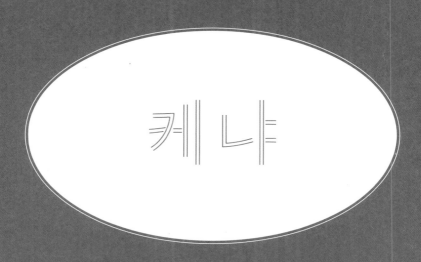

케냐

생선까스

케냐 커피

요즘에는 여러 가지 일을 동시에 하는 사람도 많다. 하지만, 많은 사람이
아직도 한 분야에서 오랜 세월 특정한 일을 업으로 삼아 생계를 유지하고
있으며 나 또한 다르지 않다. 누군가는 현재의 생활에 만족하고, 또 누군가는
고단한 삶을 살지만, 수십 년이 지나면 자신이 지나온 길을 되돌아보며
결국 장인의 길에 오르기도 한다.

지인을 통해 피아노 조율 의뢰가 들어왔고, 쌀쌀한 늦가을 수원으로 가는
고속도로를 달린다. 운전을 하며 일 끝나면 밥 먹을 장소를 몇 곳 생각했고,
어느새 도착을 알리는 내비게이션의 친절한 목소리에 정신이 번쩍 든다.
대로에서 조금 벗어난 다세대주택이 밀집한 곳, 건물 주차장에 차를 세우고,
도착했다고 전화하니 의뢰인의 아버지가 엘리베이터를 타고 내려와
현관문을 열어주신다. 5층 건물의 꼭대기 층, 어머님도 나오셔서 피아노가
있는 방으로 안내해주신다. 잠시 후 의뢰인이 나와 불편한 피아노에 관해
이야기하는데, 조율을 오랫동안 하지 않아 벌어지는 일반적인 증상.
케이스를 탈착하고, 천천히 액션 상태를 살펴본다.

나란히 있는 해머들 모습.
간격이 확보되지 않으면 해머가 움직이지 않는다.

피아노 건반을 누르면 그 끝의 캡스턴 버튼이 위펜을 들어 올려 해머가
수평운동을 하며 현을 쳐 피아노 소리가 난다. 하지만, 이 피아노는 관리하지
않은 채 오랜 시간이 지나 해머가 움직일 때 옆 해머와 부딪힌다. 드라이버로
위치를 조정해주면 대부분 회복이 되나 심한 경우 열풍기를 써야 할 때도 있다.

나사 빠진 댐퍼 페달.

댐퍼 페달이 흔들리고, 작동이 안 되어 살펴보니 페달의 끝부분을 연결하는
나사가 빠져 한쪽만 간신히 지탱하는 상황, 공구로 원래대로 조립해준다.
댐퍼는 부드러운 펠트 소재로 된 지음 장치로, 댐퍼 페달을 사용하면 건반을
누르다가 손을 떼어도 음을 지속시켜준다. 댐퍼 페달이 제대로 작동하지
않으면 연주 시 음이 탁탁 끊긴다.

혼자 조용히 작업하고 있는데, 어머님이 커피를 들고 방으로 들어오셨고,
잠시 쉬며 커피를 마셨다. 케이스가 열린 피아노 내부가 신기하셨는지 한참
들여다보시더니 자연스럽게 이야기가 시작되었다. 세탁소를 30년 넘게
운영 중이라는 말씀, 직접 수선과 세탁을 하시는데, 이야기를 들어보니 정말
대단한 장인이시다. 두 분 어르신은 평생 그렇게 한 길을 걸으며 성실히

살아온 결과, 지금 거주하고 계시는 건물 한 채를 마련하셨고, 자랑스럽게 생각하시는데, 자녀분들은 부모님의 직업을 못마땅해한다며 나에게 속마음까지 털어놓으신다. 나도 한 분야의 장인이 되고, 딸들에게 자랑스러운 아버지가 될 수 있을까? 그날이 멀지 않았으면 좋겠다. 커피를 마시고 조율을 시작하는데, 피아노를 오랫동안 방치해 놓은지라 음이 많이 떨어진 상황, 힘겹게 작업을 마무리했다.

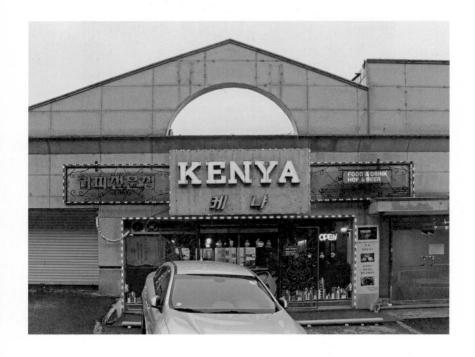

늦은 점심을 먹으려고 팔달공원의 경양식집으로 가는데, 도착할 무렵 경사가 매우 가팔라서 차로 간신히 오를 수 있었다. 산책로를 따라 조금 더 올라가니 오늘의 목적지 케냐. 커다란 'KENYA'와 LED 테두리, 네온사인과 콘크리트로 만든 지붕 모양 조형물. 강렬한, 익숙하면서도 이국적인 외관이다.

문을 열고 들어서니 잔잔한 올드 팝이 흐르고, 중년 부부가 친절하게 맞아주신다.
창가 쪽 자리로 안내받았고, 수원 시내가 내려다보이는 넓은 창이 시원하다.
테이블들은 간격이 넓으며 파스텔 톤의 패브릭 소파가 편안해 보인다.
그리고 곳곳에 아프리카풍의 나무 인형들과 소품이 깔끔하게 정돈되어 있다.
상호와 인테리어가 맞아떨어지는 모습.

자리에 앉아 차림표를 보며 생선까스를 직접 만드시는지 여쭙고, 주문했다.
그리고 발견한 노트 한 권, 다녀간 손님들이 자연스럽게 흔적을 남겨 놓았으며
남의 추억을 훔쳐보며 잠시 기다리니 사장님이 따끈한 수프를 내주신다.

나: 이곳은 언제 여셨어요?

사장님: 1997년 개업했어요.

나: 와, 20년이 넘었네요. 상호는 왜 케냐인지 여쭤봐도 될까요?

사장님: 개업 당시 우리 부부는 케냐에 살았고, 당시 남편의 친형이
이 가게를 하고 계셨는데, 귀국해 우리가 인수하게 됐어요.
그래서 케냐로 상호를 바꿨지요.

나: 이 집 커피가 무척 맛있다는 소문을 들었는데, 정말인가요?

사장님: 우리가 직접 로스팅하기는 한데…, 감사합니다.

나: 이것저것 여쭈니 이상하지요? 요즘 경양식집에 관한 책을 쓰려고
  해서요. 창밖으로 보이는 풍경이 너무 멋진데요?

사장님: 그래서 커피 드시러 오는 손님이 많답니다. 음식은 남편이
  독학으로 공부해 만드는 거구요.

나: 아, 그렇군요. 답변해 주셔서 감사합니다.

바빠 보여서 이야기를 멈췄다. 음악을 들으며 창밖을 보고 있으니 곧
생선까스가 등장한다. 커다란 하얀 접시에 정갈해 보이는 생선튀김 3조각이
놓여 있고, 양배추 샐러드와 옥수수, 마카로니 샐러드가 함께 있으며 스쿠프
밥도 보인다. 많이 두껍지는 않지만, 잘 튀긴 생선까스와 타르타르소스가
잘 어울렸고, 한 입 베어 물었을 때 고소함이 어릴 적 어머니가 참깨를 볶으실
때 한 줌 쥐어주며 맛보라 하셨던 기억처럼 입안에 퍼진다. 샐러드도 맛보고,
포크로 밥을 조금 떠먹는데, 이야, 잘 지은 백반집 밥처럼 찰기가 대단하다.
경양식의 필수, 깍두기도 잘 익어 입에 맞는다. 차갑고 청량한 깍두기가
개운하다. 담글 때 사이다를 넣는 걸까. 모르겠다.

뜨거운 것을 잘 먹지 못하는 나는 후식으로 내주는 커피를 식사 중에 미리
부탁드렸고, 그렇게 식사를 마친 후 향긋한 커피를 마시며 창밖을 보았다.
와, 이 커피 맛있다. 케냐 원두인가. 무척이나 친절하고 편안한 경양식집이라
근처에 일이 있으면 꼭 다시 들를 듯하다. 스피커에서 앤 머레이(Anne Murray)의
유 니디드 미(You Needed Me)가 감미롭게 흘러나온다.♪

서울 예장동

비프까스

그릴
데미그라스

함박스테이크

여긴가?

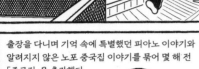

출장을 다니며 기억 속에 특별했던 피아노 이야기와 알려지지 않은 노포 중국집 이야기를 묶어 몇 해 전 「중국집」을 출간했다.

grill DEMIGLACE
グリル デミグラス

오리엔스 호텔 지하 2층에 위치한 그릴데미그라스.

그때 작업을 함께했던 만화가 이윤희 님과 「경양식집에서」를 기획하신 박진홍 님을 오랜만에 만나기 위해 경양식집으로 간다.

호텔 내부에서는 어떻게 양식당으로 이어지는지 궁금해 언덕을 조금 더 올라 정문으로 들어갔다.

두 분은
오늘도 늦는군.

와, 매우 깔끔한 내부.

오래된 업라이트 피아노도 보인다.

가끔이지만 식기를 보면 주인장의 자부심 같은 게
느껴지기도 한다.

누가 알려주지도 않았는데 우리는 동그란 빵을 살짝 가르고

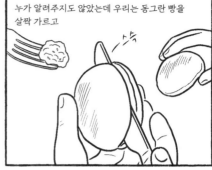

잠시 후 수프가 나올 줄 알았는데 예상이 빗나갔다.

그 안에 샐러드를 넣어 먹는다.

와!

와, 이 감자 샐러드 맛있네요.

네, 포슬포슬하고 마요네즈 양이 과하지 않아 담백하네요.

맨날 먹고 싶다.

평범한 듯하지만 그동안 경험했던 경양식 집에서 볼 수 없던 독특한 방식.

비프까스
나왔습니다.

찰각

찰각

오, 비프까스, 손바닥만 한 소고기 튀김 2장과 소스가
별도의 그릇에 나왔고, 잎채소 샐러드가 한켠에 놓였다.

찰각 찰각

다음은 함박스테이크. 달걀프라이가 올라가 있고
구운 채소, 샐러드. 이것 역시 간결하다.

오!
기대했던 저 장면!

두툼한 함박스테이크를 달걀과 함께 잘라보니
육즙이 촉촉한 모습.

그럼 비프까스도 한번.

와앙

소고기 함유량이 절대적이다.

촉촉

소고기 특성상 튀겼을 때 조직감이 질기고
단단해지는데 이렇게 부드러운
소고기 튀김은 처음.

으음

비프까스도 한번
드셔보세요.

아, 괜찮은데,
고맙습니다.

비프까스는
맛이 어떠세요?

맛있네요.
고기가 정말
부드러워요.

곁들여 나온 구운 가지는 재료가 원래 가진 단맛이 도드라진다.

기분 좋은 단맛.

후식으로는 원두커피가 나왔다.

이제 책 얘기 좀 할까요?

데미그라스나 브라운소스는 균형이 맞지 않으면 공격적이거나 반대로 밍밍한데, 그릴데미그라스의 데미그라스소스, 맛있다.

네. 저번과 비슷하지만, 이번엔 경양식이고요.

아, 잘 먹었다.

오래 경양식 일하신 분들 인터뷰를 넣을까 해요.

오, 좋은데요?

김재우　작가님처럼 저도 먹으러 돌아다니는 걸 엄청 좋아해요. 특히 그중에 노포. 중국집, 경양식집. 왜냐면 어릴 때부터 좋아하던 음식이거든요. 심지어 초딩 1년 때부터 외식을 했어요. 5, 6학년 때는 점심시간에도 막, 남들 도시락 까먹을 때 밖에 나가서 짜장면 사 먹고 볶음밥 사 먹고,

조영권　저랑 똑같은데요. 하하.

김재우　되게 좋아했던 거 같아요. 사 먹는 것도 좋아하고, 만들어 먹는 것도 좋아하고, 그게 계속 이어진 거죠, 평생. 유난히 관심이 많았어요. 나름 찾아서 경양식집 돌아다니고, 인천에도 가고. 등대, 국제경양식. 그러다가, 아, 이게 인제 다 없어졌구나.

그러다 12년 전쯤에, 직장 생활하다가, 아, 이거 고만해야 되겠다, 그럼 뭘 할까, 그러면 식당을 하자, 먹는 거 좋아하고 만드는 거도 좋아하니까. 근데 중국집은 '넘사벽'이고, 경양식도 그렇지만, 어떻게 하나씩 해보면 되지 않을까, 생각해서 일단은 경양식집을 하기로 마음먹고, 일본에 많이 다녔죠. 한국엔 없으니까. 여행 가면 오므라이스나 함박 파는 곳 위주로 많이 다녔어요. 먹어본 경험으로 공부 좀 하고,

225

근데 바로 차리기에는 좀 무리가 있다 싶어서 경양식은 아니지만, 아는 유능한 셰프가 있어요. 그 친구가 양식집을 여는데, 가서 1년 일했죠, 같이. 경험을 쌓아야 하니까. 어쨌든 양식끼리 좀 비슷하니까. 그때 좀 배우고, 책으로도 이것저것 공부하고. 2012년에 팔판동에다가 열었어요. 작은 식당이었어요. 의자가 24개밖에 없는.

린틴틴 독학하신 거네요.

김재우 그런 셈이죠. 그 친구가 사부라면 사부겠지만, 어쨌든 큰 도움이 됐죠. 그래서 일단 상호를 정하고 오픈했는데, 직원도 잘 안 구해지더라고요. 겨우 구해서 시작, 그때부터 한 게 함박스테이크고, 돈까스는 많이들 파니까 비프까스를 하자. 옛날 비프까스는 사실 소고기를 얇은 거로 넓적하게 했던 거 같은데, 저는 그냥 안심을 튀기자, 그래서 옛날식 경양식집이랑은 조금 다르긴 한데, 왜냐면 처음부터, 소스부터 다 배우기에는 조금 역부족이어서, 일단 그렇게 시작한 거예요.

조영권 탁월한 선택이네요.

김재우 우리 옛날 비프까스는 아닌데요, 나름 이렇게 해본 거예요.

조영권 함박도 굉장히 좋더라고요.

김재우 제가 함박하고 오므라이스를 좋아해가지고.

린틴틴 오므라이스는 지금 안 하시죠?

김재우 하는데요, 이게 아직까지 후계자가 있는 것도 아니고, 직원이 많은 것도 아니고, 거의 주방장이랑 제가 하니까 오므라이스까지 하면 너무 힘들거든요. 그래서 한가한 날은 언제든지 해드리고, 오늘 이상하게 바빴는데, 이런 날은 못 해드리고.

조영권 메뉴판에는 없네요.

김재우 메뉴판에 있으면 있는데 왜 안 해주냐 그럴까 봐. 오므라이스도 사실 달걀을 올려 갈라서 먹는 스타일이 있고, 그냥 덮는 스타일이 있는데, 저는 덮는 스타일이 더 좋아서 덮는 스타일을 연습해서 하고 있어요.

메뉴는 조금씩 정착시켰어요. 오픈한지 이제 만 9년 됐거든요. 처음에는 뭐, 지금도 자랑할 건 아니지만, 처음엔 좀 엉망이었겠죠. 서툴고. 조금씩 이제 나아지고 있는 과정이에요.

린틴틴　되게 맛있는데요.

김재우　하다 보니까, 우리 집이 아주 싼 집은 아니고, 경양식은 또 파인다이닝은
아니니 너무 비싸게 받기도 그렇고, 그냥 옛날 경양식집보다는 조금 더 받는 거로
나갔어요, 노선을. 대신에 실력이 좀 없으니까 재료는 좋게 쓰자, 이런 주의로.
함박 고기는 팔판동에 우연히 자리 잡았을 때 마침 그 옆에 정육점이 있었는데,
팔판 정육점이라고, 알고 봤더니 거기가 어마어마한 정육점이더라고요. 50년 이상 된
집인데, 우래옥이랑 하동관, 옛날부터 고기를 다 댔다고 하더라고요. 지금도 대고 있고,
우리도 그 유명한 정육점에서 함박용 고기를 받는 거죠. 쇠고기하고 돼지고기하고,
그 집은 한우만 쓰니까, 그래서 한우를 아직도 받고 있어요. 그런 면에서 재료가 좀
좋은 게 아닐까, 일반적으로 호주산이나 이런 거 쓰는데,

조영권　아, 한우를 쓰시는구나. 여하튼 이 책을 계기로 경양식집이 많이 생기면
좋겠어요. 요즘에 생긴 집들은 레트로를 가장한 그런 것들인데, 그건 좀 아닌 거 같고,
체인점도 있고 그러더라고요.

김재우　저도 항상 고민했던 게 사부로 모시고 배울 사람이 없어요. 예전에 하시던
분들을 찾을 수도 없고, 다 은퇴하시고.

조영권　지방에 몇 군데 계시는데, 예를 들자면 부산에 전설의 호수
데미그라스라고 유명한 집이 있었대요. 그분이 고향 삼천포로 가서 호수
경양식이라고 또 차려서 하고 계시고,

김재우　아, 삼천포 거기 또 언제 가보나. 그러니까 그게 계속 내려와야 하거든요.
몇십 년 동안 같이 배우고 그래야 하는데, 우리나라는 그런 문화가 없으니까 다 단절이
결국 되더라고요. 식당이 또 3D 업종이기도 하고 그러니, 식당으로 이어받는 집들은
다 장사가 잘돼서 돈 많이 버는 냉면집이나 그런 데만 남죠.

조영권　요즘 식당들 많이 어렵다고 하는데, 여긴 크게 영향이 없는 것도 같고.

김재우　아, 많이 받았는데요, 이상하게 오늘 저녁에 손님이 많네요. 오늘 낮에
2팀 있었고요. 어제 하루 종일 4팀 있었거든요.

린틴틴　코로나 때문이에요?

김재우　네. 근데 오늘 같은 경우는 코로나 아닐 때도 잘 없어요, 사실은. 일요일 저녁은 한가한 편인데, 오늘 이상하네요.

조영권　팔판동에서부터 10여 년 장사하셨는데, 이리 옮겨와서 잘 된 건가요?

김재우　2, 3년 차 되니까 좀 자리가 잡히면서 단골이 생기더라고요. 단골이 생기니까 그들이 계속 사람을 더 데려오시고, 가끔 오셔도 꾸준하게. 모든 식당은 오래 하면서 이상한 짓만 안 하면 잘 되는 거 같아요. 단골이 계속 늘어나잖아요. 유행하는 세태에 휩쓸리는 그 편차가 적어져서 이럴 때 좀 견딜 수 있는 거 아닌가, 저는 아직 일천하지만. 운도 좋았던 거 같고. 또 지인들이 광고도 해주고 그런 덕이 컸던 거 같아요.

조영권　여기 위치가 썩 좋지는 않은데, 이 호텔로 들어온 계기가 있나요?

김재우　이 호텔이 레지던스 호텔이에요. 호텔은 웬만큼 되는데, 식당이 없는 거예요. 여기 주인이 저랑 잘 아는 동생인데요, 그 친구가 제안을 했어요. 들어오라고. 다 해놓을 테니 들어와서 장사만 하라고. 여기가 원래 주차장인데, 식당으로 바꾼 거죠. 무리일 거 같아서, 한 2년 고사하다가 2018년 봄에 공사 시작, 그때 마침 팔판동 쪽이 시위가 너무 많아서, 장 보고 가게 가야 하는데 못 가고, 검문하고, 길 막혀 있고, 시위대가 오고 하니까, 그 동네가 좀 지겨워지더라고요. 충무로 이쪽은 그런 게 없고, 전철역도 그나마 가깝고 하니까, 에이 그럼 가자. 들어와서 그래도 안 망하고 월세도 주고 하니까.

조영권　서로 이득이네요.

김재우　네, 다만 여기 와서 힘들었던 게 넓어져가지고. 저 안에 룸도 있어요. 모임이 많죠.

조영권　경양식 오마카세 이런 것도 하시더라고요.

김재우　그게 하려고 한 게 아니라, 단골들이 저녁때, 그냥 사람당 얼마, 이렇게 해서 좀 해주세요, 그래서 시작했어요. 자주 오는데, 맨날 함박이랑 비프까스만 먹으면 물리잖아요. 그래서 그냥 다른 거 해서 드리는 거죠. 병어도 조리고, 그런 식으로.

조영권　사진 보니까 굉장히 맛있어 보이던데요.

김재우　한번 저녁때 오세요, 하하. 소주 좋아하시는 것 같던데, 제가 안주 좀 만들어 드릴게요. 여기 그리고 소주도 팔아요. 소주 드셔도 되는데, 와인 드시네.

조영권 아, 아니에요. 제가 좋아하는 와인이 여기 딱 있더라고요. 하하. 영업하면서 가장 힘든 게 뭔가요.

김재우 사람을 못 구해서요. 젊은 사람이 일하러 안 와요.

조영권 왜 그럴까요? 요즘 셰프가 인기인데.

김재우 양식도 파인다이닝 같은 곳에서 일하면 경력도 되고, 폼도 나고, 유명한 식당에서 일했다, 이런 게 되고, 사실 유명 셰프들이니 배울 것도 있겠죠. 근데 경양식 하니까, 사람들이 면접 보러 오면 내가 안 묻고 자기들이 물어요. 여기 뭐 만들어요? 뭐 팔아요? 연락드릴게요, 하고 안 오고. 그래서 제가 젊은 친구랑 일해본 적이 많지 않아요. 또 일해도 쉽게 관두고.

누가 들어와서 오래 일하면, 기술 아닌 기술이지만, 계속 이어갈 수 있고, 또 다른 누가 들어오면 알려주고 그럴 수 있는데, 없다 보니까 거의 주방장이랑 저랑 둘이 계속하고, 조리를 아직도 거의 제가 다 하는 거예요. 그게 가장 힘들죠.

린틴틴 주방 쪽 일은 1, 2년은 일해야 차츰 하나씩 맡길 텐데,

김재우 1년 채우고 가는 사람도 거의 없어요. 그래서 젊은 사람 구하는 걸 포기했어요. 스스로 와서 일하겠다는 사람 아니면. 양식이 이게 의외로 힘들어요. 준비할 게 많고, 그릇이 많고, 설거지도 많고, 서빙도 힘들고, 여러모로. 근데 이게 또 비싼 양식도 아니고.

린틴틴 와인 한잔하시죠.

김재우 저도 사실 와인을 많이는 안 먹어보고, 장사하면서 좀 먹어봤는데, 와인은 술로 접근하면 힘들더라고요. 음식으로 접근해야지, 술로 마시면 몸도 좀 가라앉고,

린틴틴 몸이 가라앉는다는 게 어떤 뜻인가요?

김재우 술기운이죠. 제 경우에는 소주를 마시면 업이 되는데, 와인 먹으면 좀 침잠되더라고요. 한 번에 2병 이렇게 마시면, 술마다 다 장단이 있는 거 같아요. 아, 그리고 이게 시간이 없어요. 자기 시간. 시장도 가야 하고, 주 6일 일하고, 직원도 없고.

조영권 빨리 후계자를 구해야겠네요.

김재우   없어요, 없어. 그래서 주방장이나 제가 아프면 가게를 못 할 거예요.

린틴틴   중국집은 후계를 못 구해서 문 닫는다는 걸 알고 있었는데, 경양식집도
그렇다는 건 처음 알았네요.

김재우   더 심할걸요. 아무도 안 하려고 해요.

조영권   그 삼천포 호수 어르신이 연세가 80이신데, 이제 편찮으시면 못 하는 거죠.
지금도 힘들어서 점심 장사만 하시더라고요.

김재우   저는 70에도 못 합니다, 하하. 60 전에 어떻게 해야죠. 이게 쉽지 않아요.
완전 막노동이에요.

린틴틴   그런데, 생선까스는 왜 안 하시는지요.

김재우   사실 오늘도 있었어요. 해드릴 걸 그랬네. 제가 냉동 식자재를 안 좋아해요.
가끔 생대구를 한 마리 사요. 요기 옆자리 분이 저희 단골이신데, 생선까스 드시고
싶대서 생대구를 사서 해드렸죠. 메뉴에 넣는 건 현재는 어렵고요. 일이 많아져서.
사실 근데 오래된 돈까스집들도 생선까스 재료는 다들 거의 냉동 쓰는데, 냉동이어도
다 먹을 만 해요. 그냥 제 선입견, 고집이죠.

조영권   그릴데미그라스는 한국식 경양식과 일본식을 접목한 것 같아요.
개성 있어요.

김재우   그런 거 같긴 합니다. 수프는 있을 때는 드리고, 없을 때는 안 드리고
그러거든요. 그걸 정착시키면 힘드니까. 왜냐면 저희는 샐러드를 만들잖아요.
그게 일이거든요, 또. 약간 다른 식으로 나간 거죠, 저희는. 일본에 경양식집들을
가보면 이 정도 규모면 직원이 되게 많아요. 주방에도 한 4~5명 있고, 그러면 충분히
할 수 있어요. 저희는 사정에 맞춰서 해야 하니까. 오사카에 메이지 캔이라는 데 가면,
주방에 5명이 있어요. 80대 등 굽은 할아버지가 오므라이스만 만들고 있어요.
그 옆에 70대가 딴 거 하시고, 그 옆에 60대, 50대, 이렇게 분업해서 일하더라고요.
그러면 이상적인 경양식집을 할 수 있죠. 일단 장사가 잘되니까 가능한 거고요.

린틴틴   만약 후계자를 계속 못 구하시면,

김재우   저는 계속은 못 할 거 같아요. 보통 자식이 이어받는데, 저희 애들도 별로

할 생각 없는 거 같고. 경양식은 좀 애매해요. 우리나라에서 쭉 가는 음식들, 곰탕, 설렁탕, 냉면 이런 게 있고, 양식은 이탈리안, 프렌치 이런 건 있다가도 없고, 없다가도 있고 그러면서 쭉 가는데, 경양식은 어중간한 거 같아요, 지금. 대체할 수 있는 식당이 많죠. 돈까스집이 따로 있고, 함박집도 어마어마하게 생겼다가 사그라지고. 또, 유행 탈 음식도 아니고요. 우리나라는 마라탕 뜨면 온 동네가 다 마라탕집이고, 그러니까.

　　문제는 주방에서 몇 년 동안이라도 일정하게 매일 경양식을 만드는 사람이 너무 없는 거 같아요. 그래야 이게 살아남는데, 근데 과연 새로 유행 타서 생기는 함박 전문점 그런 곳들에 그런 사람이 없겠죠. 금방 일하고 금방 나가고 그럴 텐데, 그게 그럼 맛이 계속 유지될 것인가 하면, 저는 회의적이에요. 식당으로가 아니라, 브랜드로 사업으로 하면 오래 못 가죠. 돈은 그런 곳이 벌겠지만.

　　전통을 이어간다, 아직 10년 남짓밖에 안 됐지만, 그렇게 열심히 하고는 있는데,

　　조영권　그래도 오래오래 하셨으면 좋겠습니다. 후계자도 빨리 구하시고.

　　김재우　진짜 한번 오세요, 맛있는 거 해드릴게요.

그릴데미그라스, 김재우.

경양식집에서
조영권 지음, 이윤희 그림

1판 1쇄 발행일 2021년 1월 29일
1판 4쇄 발행일 2024년 6월 26일
ⓒ조영권, 이윤희, 린틴틴. 2021.
ISBN: 979-11-973604-0-4

기획. 박진홍
편집. 박진홍, 김라몬
디자인. 둘셋
인터뷰. 조영권, 이윤희, 박진홍, 김도은
마케팅. 김라몬
인쇄. (주) 중앙문화인쇄사

펴낸 곳. 린틴틴
출판 등록 번호. 제 2020-000038호
주소. 서울시 마포구 신촌로2길 19. 마포출판문화진흥센터 315호

[website] www. lintintin. com
[instagram] @lintintin.pub
[blog] blog.naver. com/ lintintin
[e-mail] lintintin. pub@gmail. com

이 도서는 한국출판문화산업진흥원의
'2020년 출판콘텐츠 창작 지원 사업'의
일환으로 국민체육진흥기금을
지원받아 제작되었습니다.